天魔神敎
陶場文殺

천마신교
낙양지부

천마신교 낙양지부 4

정보석 新무협 판타지 소설

초판 1쇄 찍은 날 § 2017년 8월 16일
초판 1쇄 펴낸 날 § 2017년 8월 23일

지은이 § 정보석
펴낸이 § 서경석

편집책임 § 이선근
편집 § 김경민

펴낸곳 § 도서출판 청어람
등록번호 § 제387-1999-000006호
등록일자 § 1999. 5. 31
어람번호 § 제2-2716호

주소 § 경기도 부천시 부일로 483번길 40 서경B/D 3F (우) 14640
전화 § 032-656-4452 팩스 § 032-656-4453
http://www.chungeoram.com
E-mail § chungeorambook@daum.net

ISBN 979-11-316-91425-6 04810
ISBN 979-11-316-91369-3 (세트)

4

천미신교 낙양지부

정보석 新무협 판타지 소설

FANTASTIC ORIENTAL HEROES

도서출판 청어람

轂轂
神文
慶陽
飞淘

천미신교
부양지부

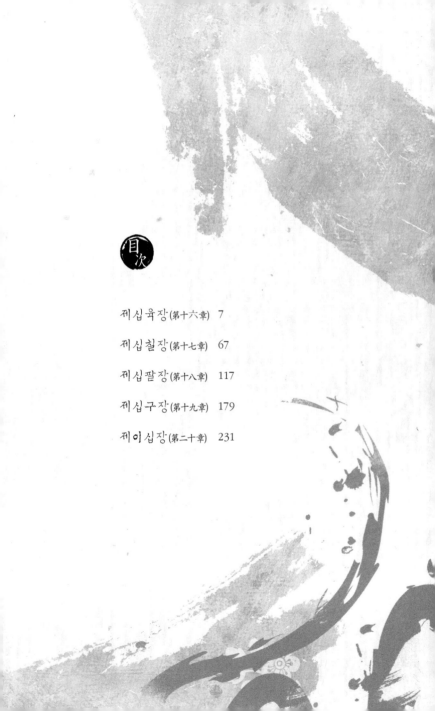

目次

제십육장(第十六章)　7

제십칠장(第十七章)　67

제십팔장(第十八章)　117

제십구장(第十九章)　179

제이십장(第二十章)　231

제십육장(第十六章)

"그런데 무슨 일이 있었소? 안색이 별로 좋지 않소."

"아닙니다. 계속 설명하겠습니다."

"알았소."

주하는 애써 속마음을 숨기면서 임무에 대한 설명을 마저 이어나갔다. 그녀는 눈앞에 펼쳐져 있는 종이 중에서 중년 남자의 얼굴이 그려져 있는 그림을 가리켰다.

"장거주라는 이름은 가명일 확률이 높습니다. 그러나 낙양에서는 이 이름 외에 다른 이름으로 활동하지는 않은 것으로 보아, 처음 낙양에 들어왔을 때부터 이미 어떤 계획을 세웠기에 애초부터 신분을 위장한 듯합니다. 이런 점까지 비춰볼 때 이자가 하오문의 감찰부원일 것이라는 확률이 이 할로 올라 갑니다. 서로를 배신하는 것이 숨 쉬듯 자연스러운 하오문의 특성상 오로지 감찰부원만이 하오문주의 온전한 신임을 받습니다."

"오호라, 그러니까 이놈이 진정한 하오문주의 손발이라 그 말이오?"

"실질적으로 하는 일은 없지만, 뒤에서 눈에 불을 켜고 지켜보는 사람 중 제일이라 생각하는 것이 맞습니다. 일을 처리하는 능력은 지부주보다 떨어지지만, 하오문주의 신임 덕에 감시 역할을 맡은 것이지요. 따라서 하오문 전체의 계획이라면 지부주보다 더 많은 정보를 알고 있을 것입니다. 황제의 서자까지도 낱낱이 밝혀내는 본 교의 마조대가 다섯 명 이하로 추려내는 데 실패할 정도로 그 은밀함이 매우 뛰어난 인물입니다."

"그래서 그런지 집의 보안이 별로 대단하지 않소. 이 정도면 흔한 낙양의 거상들과 다를 바가 없는 정도 아니오? 오히려 지나친 보안이 의심을 살까 봐 머리를 쓴 것이군."

"네, 그렇습니다. 눈에 보이는 양을 늘릴 수 없으니 질이 높을 겁니다. 호위무사의 실력이 여기 쓰여 있는 수준보다 높을 수 있으니 꼭 기억해 두십시오."

"그것은 잘 알겠소. 그런데 내가 듣기로는 보름 후면 충분히 알아낼 수 있다 했소. 지금 이런 일을 벌이는 이유는 계획의 속력을 내는 것 외에도 낙양을 더욱 혼잡하게 만들기 위해서라고 했는데, 그에 대해서는 아는 바가 없소?"

"처음 듣는 이야기입니다."

피월려는 용안으로도 주하의 표정이나 눈빛에서 한 치의 미동도 볼 수 없었다. 그는 한동안 그녀를 주시하다가 곧 무릎을 펴며 자리에서 일어났다.

"알았소. 그럼 계획대로 나는 이 지역에서 기다리겠소. 일각 후에 보도록 합시다."

"네."

대답이 끝나자마자 주하는 모습을 감췄다.

피월려는 박소을에게 임시로 받은 철검을 고쳐 잡고 저택의 서쪽 방향을 끝없이 주시하기 시작했다.

숨을 들이마시고 내쉬기를 오십여 번, 저택의 서쪽에서 거대한 굉음이 울렸다.

쿠쿠쿵!

그리고 곧 화염이 밤하늘에 치솟기 시작했다.

시작이다.

피월려는 미리 준비한 복면을 쓰고 얼굴을 가린 후, 내력을 동원해 눈앞의 높은 장벽을 도약하여 뛰어넘었다.

온통 서쪽으로 시선이 쏠렸는지 동쪽 마당에는 사람이 없었다. 벽을 타고 사람들이 웅성거리는 소리와 불길이 치솟아 오르는 굉음만이 피월려의 귀를 어지럽히는 가운데, 피월려는 벽을 따라서 북쪽으로 살금살금 걷기 시작했다.

멀리서 보니 최소한의 인원은 그대로 자리를 고수하고 있는 듯했다. 화마(火魔)가 저택을 삼키는데도 움직이지 않는 것을 보면, 무슨 일이 일어나도 자기 자리를 떠날 자들이 아니었다.

그러나 인간은 본능이 있어 불을 보게 되면 그쪽으로 관심을 주게 마련이다. 실제로 그들은 자리를 고수하고 있을 뿐, 시선은 온통 화마로 가 있었다.

사람에겐 무공 실력을 떠나서 인간이기에 어쩔 수 없는 허점이 있다. 이를 메우기 위해 전체를 볼 수 있는 지도자를 세우는데, 아무리 뛰어난 지도자도 자신의 명령을 전달하는 시간만큼은 어쩔 수 없다.

아무리 지혜로운 지도자라도, 그 지혜가 현실에 적용되는 것은 즉시 이뤄지지 않는다. 이 환란 속에서 그 속의 진실을 일순간 파악하고 즉시 해답을 내놓아도 아랫사람이 그것을 실행하기까지는 필연적으로 걸리는 시간이 있다. 그 시간이야말로 조직의 면밀함을 대변한다.

천마신교 낙양지부의 마조대는 하오문이 화마에게 빼앗긴

주의력을 완전히 되찾는 데 걸리는 시간을 이각(二刻)이라 판단했다.

중원에서 정보에서만큼은 상 중 상의 전문가인 그들이 판단한 시간이니 이들의 판단보다 더 좋은 예상을 할 수 있는 집단은 없다고 봐도 무방했다. 그러나 문제는 그들이 **상대하**는 자 또한 그 누구에게도 한 보 물러섬이 없는 정보전의 대가 하오문이라는 것이다. 그것도 하오문의 감찰부원이니 그들 중에서도 최상급 요원이다.

압도적인 싸움이 아니라 비슷한 조건의 싸움이라면 당연히 계획에 오차가 생기게 마련이다. 피월려는 그것을 피부로 느꼈다. 달빛이 적어 단순히 걷는 것도 힘든 그 암흑 속에서 지금 이 저택의 흐름을 파악하는 것이 가능하다는 말은 어불성설이다. 그러나 그의 선천적인 감각과 후천적인 감각 모두가 신경을 통해 찌릿찌릿한 경고를 보내왔다.

저택의 본가(本家)에 들어서기까지 허락된 시간은 **이각**이 절대 아니다.

일각?

아니면 반각?

피월려는 꿀꺽 침을 삼켰다.

어느 수준 이상부터, 은밀함와 속도는 반비례한다. 느리면 느릴수록 은밀하고, 빠르면 빠를수록 두드러진다. 지금까지 피월려는 은밀함을 가장 확실하게 유지할 수 있는 한도 내에서 가장 빠른 속도로 걷고 있었다.

이보다 빠르게 걷게 될 경우 은밀함이 옅어질 수밖에 없다. 하지만 이 속도로는 도저히 일각 안에 본가에 도달할 수 없다. 속도를 올리면 일각 안에 도달할 수 있으나 중간에 다른 이에게 걸릴 위험이 증가한다.

은밀함을 포기하고 더 속도를 내야 하나, 아니면 이대로 은밀함과 속도를 유지해야 하나?

피월려는 머리에 불이 날 것만 같았다. 긴장감과 불안감 때문에 심장이 터질 것 같은데, 머리라도 차가워지면 소원이 없을 것 같았다.

그러나 판단은 내려야 한다.

나의 판단인가.

마조대의 판단인가.

피월려는 눈을 살짝 감았다.

지금껏 그는 자신의 본능을 믿고 살아왔다. 그의 본능은 항상 그에게 올바른 선택만 하게 한 건 아니었으나 지금까지 무림인으로서의 삶은 유지할 수 있게 해주었다. 그것은 그의 생명줄이고 기준이었다.

피월려는 눈을 떴다.

칠흑 같은 암흑이 눈앞에 펼쳐졌다.

그의 본능이 외쳤다.

달려야 한다.

달려야 한다!

피월려는 이를 질근 깨물었다.

"질쏘냐!"

이런 상황에서 절대로 말을 해서는 안 되나 이런 말이라도 하지 않으면 도저히 견딜 수 없었다.

그는 힘이 자꾸만 들어가는 다리를 억제하며 충동을 가라앉혔다.

피월려는 속도를 올리지 않았다.

지금까지의 속도를 유지하며 느린 걸음으로 계속해서 걸었다.

쿵쾅쿵쾅.

본능은 그의 심장을 옥죄었고, 정신을 혼잡하게 만들었다. 두려움과 불안함은 그의 마기를 자극하여 육체의 힘을 강화시켰다. 땀은 비가 오듯 흘러 그의 옷을 적셨고, 그의 동공은 끊임없이 크게 흔들렸다.

그러나 그는 속도를 올리지 않았다.

고독한 그 싸움을 회피하지 않았다.

그때였다. 누군가의 큰 목소리가 저택 전체에 울려 퍼졌다.

"어서 제자리로 돌아가라! 성동격서에 대비하라!"

지도자의 현언이 사람들에게 떨어진 것이다. 이제 사람들은 그 말을 받들어 시행할 것이다.

마음이 더욱 다급해진다.

시간이 없어!

달려!

본능이 소리쳤다.

피월려는 왼손으로 심장 부근의 옷을, 오른손으로는 검 손잡이를 억세게 쥐었다. 마음에서 울리는 소리는 귀를 막는다고 멈출 수 있는 것이 아니기에 그가 할 수 있는 것은 그것뿐이었다.

느려! 느려!

마음의 소리는 계속해서 그를 괴롭혔다. 그러나 그런 방해에도 그의 속도는 끝까지 변하지 않았다.

피월려가 아무리 천재성을 가졌다 한들, 아무리 어려운 환경을 헤쳐왔다 한들, 정보전에 있어 낙양지부 마조대 전체와 비교할 수 있을까?

그럴 수는 없다.

피월려는 본능보다 마조대를 믿었다.

그리고 그것이 올바른 판단이었다.

이각 후 그는 안전하게 본가에 들어섰다.

"하아… 하아……."

뛴 것도 아니다.

이각밖에 지나지 않았다.

그런데 숨이 턱까지 차오른다. 마치 주소군과 일전을 치른 것같이 피곤하다.

머릿속의 그 작은 싸움은 정신력을 모두 갉아먹는다. 그러나 그렇다고 해서 체력이 소모되는 것은 아니다. 지금 느끼는 이 피곤은 환상에 불과하다. 마치 환살을 당하여 심마에 빠진 것과 같은 것이다.

피월려는 눈을 감고 마음을 진정시켰다. 심호흡을 통해서 맑은 밤공기로 몸 안을 깨끗하게 씻었다. 그러자 곧 그의 육체가 원기를 회복했다.

"좋아."

첫 번째 고비는 넘었다.

두 번째는 방을 찾는 것이다.

장거주는 총 세 명의 여인이 있다. 한 명의 처와 두 명의 첩이다.

거상이 되기 전에 혼인을 올렸던 조강지처와 부를 쌓고 나서 정치적인 목적으로 혼인한 첩, 그리고 돈을 주고 사들인 기녀 출신 첩이다.

단순하게 생각할 때 그가 가장 많이 찾을 것 같은 여인은 기녀 출신 첩이다. 그러나 마조대의 정보에 의하면 그날그날

충동적으로, 무작위로 처첩과 동침했는데 그 비율은 이상하
게도 거의 비슷했다.

그 뜻은 의도적으로 무작위 선택을 했다는 것이다.

그것은 항시 암살에 대해서 염려하는 사람에게 찾아볼 수
있는 흔한 특징이다.

마조대에서도 이 부분은 자신이 없었는지 그 세 방을 하나
하나 모두 확인해야 한다고 했다. 피월려는 본가의 지도를 머
릿속으로 다시 그리면서 첫째로 가장 가까운 조강지처의 방
을 찾았다.

그 방은 밖으로 불빛이 흘러나오고 있었는데, 안에서 독서
를 하는지 책장을 넘기는 소리가 희미하게 들렸다. 피월려는
문지방에 검으로 작게 흠을 만들어 방 안을 훔쳐보았고, 예상
대로 늙은 여인이 서적을 읽고 있었다.

일단 이곳은 아니다.

피월려는 돌아섰다.

다음 장소로 가려면 이 방을 지나가야 하는데, 불빛이 새어
나오니 자칫 잘못하면 그림자가 문에 비칠 수 있다. 따라서 조
금 돌아가야 할 것이다. 피월려는 도중에 호위무사를 만나지
않기를 속으로 간절히 바라면서 걸음을 옮겼다.

그런데 갑자기 그의 머리를 스치는 생각이 있었다.

'집에 불이 났는데 편안하게 앉아서 독서를 해?'

피월려의 얼굴에 미소가 번졌다.

그는 아무렇지도 않은 듯 살금살금 자리를 떠났다. 그러나 속으로는 마기를 잔뜩 끌어 올려 만반의 준비를 했다.

"죽어라!"

어둠 속에서 검이 바람을 가르는 소리와 함께 한 남자의 외침이 들렸다. 피월려는 가소롭다는 표정을 지으며 갑자기 돌아서서 검으로 그것을 쳐내었다.

"아, 아니!"

피월려는 당황한 표정을 한 남자의 입속에 그의 검을 쳐넣어주었다. 뒤로 밀린 그 남자는 방문을 부수면서 넘어졌다.

밤의 정적 속에 울린 굉음에도 방 안의 여인은 놀란 기색이 전혀 없었다. 그저 서책을 살며시 내려놓고 품속에서 은장도를 꺼내어 자신의 목에 가져갔다.

주름진 얼굴에 미미하게 두려움이 자리를 잡았으나, 그 눈빛만큼은 단호하게 빛났다.

피월려는 사내의 입속에 박힌 검을 빼내면서 말했다.

"감탄했소. 매우 좋은 계획이었으나 집에 불이 나는 마당에 여유롭게 서책을 읽는 건 너무나 태연하지 않소?"

"그렇군요. 제 생각이 짧았어요. 저를 죽이러 오셨나요?"

"난 오늘 실수로 온 것이 아니오."

"그렇다면?"

"납치요."

"……."

"실망하셨소?"

그 여인은 공포에 몸을 부르르 떨더니 은장도를 바짝 목에 대었다. 그녀의 목에서 피가 흘러나와 은장도를 타고 흘러 그녀의 소매를 붉게 적셨다.

"내 시체를 가져갈 순 있어도 나를 가져갈 수는 없을 거예요."

"오해한 것 같은데, 내가 원하는 자는 그대의 남편이오."

순간 그 여인의 눈빛에 안도감이 서렸다.

피월려의 표정은 복면 때문에 보이지 않았지만, 그는 친절하게도 소리를 내서 그가 비웃는다는 것을 그녀가 알게 해주었다.

"흥! 남편을 납치하러 왔다는데 안색이 환해졌소?"

"……."

그 여인의 눈길이 날카로워졌다. 그러나 그녀는 부정하지 않았다.

피월려는 빈정대며 말했다.

"조강지처로 평생 뒷바라지를 해줬더니 첩을 두 명이나 들여서 정이 떨어졌소?"

그녀는 한동안 침묵했다. 그녀의 표정에서 점차 속에 내재

된 분노가 떠오르기 시작하더니 이내 목소리로 그것이 토해졌다.

"내 아들을 부정하고 첩년의 새끼를 후계자로 지목하는 순간 그는 더는 내 남편이 아니에요."

첩을 들인 것까지는 좋다. 이해할 수 있다. 그러나 아들을 인정하지 않는 것은 절대로 용서할 수 없다.

그 누구에게도 할 수 없었던 이야기. 그녀는 처음 보는 낯선 사내에게 말해 버렸다. 그것도 한밤중에 침입한 괴한에게 말이다.

그런데 왜 이리도 마음이 시원한지 알 수가 없다.

피월려는 마조대의 정보 중에 대충 흘겨보았던 부분을 기억했다. 자세한 가족사까지는 알 필요가 없다고 생각하여 한 번 슬쩍 보았을 뿐인데, 그 여인이 말한 대목은 확실하게 기억이 났다.

"장거주의 위치를 알려주시오. 내 친히 납치해 주겠소. 내 보아하니 현명한 여인인 것 같은데, 남편이 없다면 이곳을 장악하는 데 아무런 문제가 없지 않겠소?"

"……"

그 여인의 눈빛이 끊임없이 흔들렸다. 그 짧은 시간에 수십, 수백 번 결정을 번복하고 나서 결국 그녀는 털어놓았다.

"이 침상 아래 있어요."

그 말이 끝나기가 무섭게 침상 아래서 한 남성의 목소리가
방 안을 쩌렁쩌렁하게 울렸다.

"이런 개 같은 년을 봤나! 제 지아비를 팔아넘겨! 이 썩을
년!"

피월려는 침상으로 다가와 무릎을 쭈그리고 앉았다. 그 침
상 아래에는 얼굴이 땀으로 범벅된 한 남자가 극도로 불안한
표정으로 피월려를 올려다보고 있었다. 옷가지는 모두 흐트러
져 있고 머리는 산발이었다.

"장거주, 대단하오. 여자를… 그것도 아내를 방패로 숨은
거요?"

"다, 닥쳐라!"

"어서 나오시오."

"……"

장거주는 꼼짝도 하지 않았다.

피월려는 한숨을 푹 쉬고는 침상 위로 올라갔다.

동그랗게 눈을 뜨고 그를 지켜보는 그 여인에게 피월려는
싱긋 미소를 지었다. 그리고 검을 들어 가차 없이 침상 아래
로 찔러 넣었다.

푹!

검의 끝은 장거주의 코앞에서 멈췄다.

"으, 으악!"

피월려는 비명을 들으니 기분이 좋아지는 것 같았다. 그는 그 기분 좋은 마음을 검에 담아 다시 한번 찔렀다.

푸욱!

이번엔 머리카락을 몇 올 잘라내었다.

푸욱! 푸욱! 푸욱!

이번엔 검끝이 살에 닿아 피를 내었다. 장거주는 너무나도 큰 공포에 손으로 머리를 감싸고 웅크렸다. 그는 비명조차 속으로 삼킬 수밖에 없었다.

"나올 때까지 찌르겠소."

"아, 알았다. 나, 나가겠다."

장거주는 허둥지둥 기어서 침상 아래에서 뛰쳐나왔다. 그러고는 슬금슬금 눈치를 보다가 괴성을 지르며 방 밖으로 뛰쳐나가려 했다.

피월려는 검을 집어 던져 검면으로 그의 종아리를 때렸고, 그 남자는 우당탕 넘어지며 볼품없이 바닥에 충돌했다. 그 몰골을 보아하니 절대 하오문의 감찰대원으로 보이지 않았으나, 일단 연기일 수도 있다는 생각에 피월려는 방심하지 않았다.

피월려는 검을 주우면서 장거주에게 다가가 그의 목을 검끝으로 겨누었다. 장거주는 개구리처럼 양팔과 다리를 쭉 뻗었다.

"흐이익! 자, 잠시만! 사, 살려주시오!"

"납치가 목적이니 당연히 죽이지는 않소. 그러나 나는 점혈을 배운 적이 없으니 힘줄을 자르는 것 정도는 양해해 주어야겠소."

피월려는 장거주가 이렇다 할 반응을 보이기도 전에 검을 휘둘러 왼쪽 발목의 힘줄을 잘라 버렸다. 그리고 그가 막 말을 시작하려 할 때는 이미 오른쪽 발목의 힘줄을 자르고 있었다.

"우, 우악!"

목소리 하나는 남자 중의 남자인 장거주의 비명에 피월려는 눈살을 잔뜩 찌푸리고는 손을 들어 장거주의 정수리를 내려쳤다. 그러자 장거주는 눈동자를 까뒤집으면서 뒤로 넘어갔다.

피월려는 숨을 후 하고 내쉬고는 주변을 둘러보았다.

주하는 아직 오지 않은 듯싶다.

지고한 은신술을 보유한 주하가 직접 납치하지 않고 피월려가 잠입한 이유는 바로 이것이 암살 임무가 아니라 포획 임무이기 때문이다. 포획과 암살의 가장 큰 차이는 퇴로를 확보하는 데 있어 전자가 후자보다 적게는 두 배에서 크게는 네 배까지도 어렵다는 것인데, 이에 이런 일에 좀 더 경험이 많은 주하가 퇴로를 확보해 주고 직접적인 침입은 피월려가 한 것이다.

피월려는 이제 주하가 신호를 할 때까지 기다리면 된다.

그는 완전히 기절한 장거주에게 눈길을 거두었다. 이제는 장거주의 아내도 죽이든지 기절시키든지 해야 할 것이다. 마음 같아서는 죽이고 싶지 않았으나, 그래도 후환을 생각해서 죽이는 것이 백번 좋은 선택이다. 검을 들고 다가갈 때에 두려워하며 떨릴 그 눈길을 생각하니 피월려는 마음이 착잡해졌다.

그래도 끝마쳐야 하는 일이다.

피월려는 고개를 돌렸고, 침상 위에서 바들바들 떨고 있어야 할 그 여인의 얼굴을 코앞에서 보게 되었다.

혀를 내밀면 닿을 거리다.

그녀의 표정은 놀랍도록 냉정했고 한없이 차가웠다.

푹.

어린아이의 손가락만 한 길이를 가진 침이 피월려의 몸을 꿰뚫었다.

피월려는 순간적으로 극도의 무기력감을 느꼈다.

그가 찔린 곳은 내공을 익히는 무림인이라면 생명을 장담할 수 없고, 평범한 인간이라도 즉시 기절하게 되는 단전이었다.

피월려의 본능은 즉시 반격을 명령했으나, 손가락의 작은 근육 하나도 움직여지지 않았다.

그의 손아귀에서 검이 흘러내렸고, 그의 무릎은 구부러졌다.

'젠장, 장거주가 아니라 이 여인이 감찰대원이었군. 보법 하나는 기가 막히네.'

그의 마지막 생각을 끝으로 그의 몸은 그대로 쓰러졌다.

*   *   *

피월려는 정신이 들었다.

그러나 그는 눈을 뜨지 않았다.

그 상황에서 쓰러지고 말았으니 그다음에 있을 상황은 뻔하다. 괜히 일어나서 이 불쾌한 상황을 별로 자각하고 싶지 않다.

과연 눈을 뜨면 무엇이 보일까? 그는 예상해 보았다.

첫 번째로 드는 생각은 바로 고신을 당하기 일보 직전의 모습이다.

누추한 몰골을 한 피월려가 피로 얼룩진 의자에 양손과 발이 묶인 채로 앉아 갖가지 고문 기구들을 눈앞에 두고 있는 그림이다.

그것은 그가 정말로 바라지 않는 것이지만 가장 가능성이 컸다.

두 번째로는 검은 세상에 홀로 남아 외롭게 기다리는 그림이다.

언젠가는 검은 옷을 입은 저승사자가 찾아와 저승으로 데리고 갈 것이다.

그 그림 또한 바라는 것이 아니었으나 첫 번째보다는 훨씬 마음에 들었다. 왜냐하면 첫 번째의 상황일 경우라도 결국 두 번째의 상황에 도달할 것이기 때문이다.

어차피 죽느니 고문도 안 당하고 죽는 것이 천만다행 아닌가.

세 번째는 그가 가장 원하는 그림이자 어느 정도 가능성이 있는 그림이었다.

벌써 몇 번째인지 모르겠지만, 천마신교 낙양지부의 편안한 침상 위에 누워 있는 것이다. 전처럼 서린지의 향기를 맡으며 회복에 집중하고 다시금 원래대로 돌아가는 최상의 상황일 것이다.

피월려는 눈을 뜨려 했으나 도저히 눈이 떠지지 않았다. 그는 한숨을 후 하고 내뱉었고, 다시 시야를 확보하려 했으나 또다시 포기했다. 그는 한동안 속으로 씨름을 했고, 곧 눈을 부릅떴다.

칠흑 같은 암흑. 그 외에 존재하는 것은 없었다.

마음이 철렁 내려앉았고 심장이 멎는 듯했다. 그는 자신이 죽었다는 것을 도저히 믿고 싶지 않았다.

그러나 곧 철렁일 심장이 있다는 것을 깨달았다.

"살아는… 있군."

피월려는 눈을 껌뻑이며 주위를 둘러보았다. 그는 차가운 바닥에 일자로 누워 있었다. 주위 공기는 썩어 들어간 것처럼 퀴퀴한 냄새를 풍기고 있었다. 예전에 만 하루 동안 갇혀 있었던 황룡무가의 그 지하실이 머릿속에 떠올랐다. 지금 피부로 느껴지는 이 탁하고 음습한 느낌이 그때 느꼈던 것과 매우 유사했기 때문이다.

그때, 아무도 없을 것 같던 그곳에서 한 노인의 목소리가 조용하게 울렸다.

"깨어났군. 몸을 일으킬 수는 있느냐?"

그 목소리는 그 말의 의미를 이해하는 데 방해가 될 정도로 너무나 걸걸했다. 피월려는 자리에서 일어나지 않은 채 목소리가 울린 방향으로 고개를 돌려 대답했다.

"노인장은 누구시오? 그보다 여기는 어디요?"

"나? 내 이름은 좌추다. 그리고 여기는 감옥이지."

"감옥?"

피월려는 상체를 일으키며 대답했다. 갑자기 머리가 띵하고 울리는 것이 현기증이 돌 정도로 오래 누워 있었던 모양이다.

노인이 말했다.

"낙양성 군부의 감옥이다."

"무슨……. 내가 어쩌다가 여기까지 오게 된 것이오?"

"그야 나도 모르지. 내가 아는 사실은 군병들이 너를 끌고 이곳까지 와서 그냥 버려두고 나갔다는 것이다. 죄목을 물어보니 방화라 하던데, 정말이냐?"

"방화? 그게 내 죄목이오? 말도 되지 않는…….""

피월려의 말에 그 노인은 실소했다.

"킥킥, 살인범도 지가 살인범이 아니라 하는데 방화범이야 다를까?"

"난 방화범이 아니오."

"뭐, 마음대로 지껄여라. 감옥에서는 말만 들어보면 죄다 억울하게 들어온 놈들밖에 없지."

"젠장."

피월려는 자기가 무슨 말을 해도 이 노인이 믿지 않을 것이라 생각했다. 그러나 중요한 것은 따로 있었다. 바로 어쩌다가 자신이 방화범이 되어 낙양성 군부에서 옥살이하게 생겼느냐는 것이다.

그는 한동안 깊은 생각을 하며 조금씩 추리해 나갔다.

피월려의 단전을 파괴한 그 여인은 아마 피월려가 절명했을 것이라 단정 지었을 것이다. 그도 그런 것이 무림인은 단전을 내력의 그릇으로 사용하기에, 그것이 파괴되면 범인보다 더한 피해를 입게 된다. 다행히 피월려가 무단전의 내공을 익혔기 때문에 범인처럼 정신을 잃는 수준에서 그친 것이다.

그렇다면 그 뒤에는 무슨 일이 벌어졌는가? 일단 주하는 퇴로를 튼튼하게 확보하고 피월려를 찾아서 본가로 왔을 것이다. 그리고 결국 그 여인과 마주하게 되었을 것이다.

그리고 싸웠을까?

이겼다면 피월려는 천마신교에 있어야 하고, 졌다면 땅속에 있어야 한다.

그럼 싸우지 않은 것인가?

그것뿐만 아니다. 어떻게 지금 피월려가 낙양성 군부의 감옥에 있을 수 있단 말인가? 그 밤에 화재가 있었으니 군부에서 병사를 파견했을 가능성이 있다. 그리고 그들이 쓰러져 있는 피월려를 방화범으로 잡아왔을 가능성이 있다.

그렇다면 그 여인은 왜 그것을 지켜보고만 있었을까?

그리고 그 상황에 주하는?

피월려는 이 이상 질문에 만족할 만한 대답을 찾지 못했다. 그는 생각을 멈추고 일단 현재의 상황을 판단하기 위해서 자리에서 일어나려 했다.

그때, 피월려는 단전에서 찌릿찌릿한 고통이 느껴져 무심코 내려다보았다. 아무것도 보이지 않았지만 그는 직감적으로 단전에 박힌 그 침이 아직도 깊숙이 박혀 있다는 것을 느꼈다.

피월려는 손으로 더듬거리며 그 옥침(玉針) 끝을 찾아 천천히 뽑았다.

고통은커녕 느낌도 없었다. 그러나 모두 뽑힌 침의 길이는 상식을 초월할 정도로 길었다. 그것은 의료 목적으로 만들어진 침이 아니라 애초부터 무기로써 사용하게 만들어진 것이다.

그는 즉시 몸을 점검했다. 기를 운용하고 근육과 뼈를 조금씩 움직이며 몸 안에 이상이 없는지 확인했다. 그런데 이런 무식한 침에 단전이 관통되었다는 것을 믿을 수 없을 정도로 이상이 없었다. 신체도 기도 그 흐름에 막힘이 없었다.

무단전의 내공을 익힌 그는 내력을 단전에 의존하지 않았기에, 단전에 상처를 입은 것과 그의 내력의 흐름과는 아무런 상관도 없었다. 게다가 그는 역혈지체를 이룬 마인이었기에 혈도 또한 일반인과 달랐다.

피월려는 즉시 가부좌를 틀고 극양혈마공을 운행했다.

마공은 공기의 탁함이 진하면 진할수록 오히려 득이 되는 내공이며, 감옥과 같이 사람의 한이 모이는 곳 또한 마기의 생성에 큰 도움이 된다. 그는 몸의 기력을 마기로 충만하게 채운 뒤 운행을 멈췄다.

그는 눈을 떴고, 그의 안광에는 사람에게 두려움을 심어주는 마기가 어른거렸다.

"혹시 무림인이더냐?"

노인의 질문에 피월려가 대답했다.

"그렇소."

그 노인이 갑자기 광소하기 시작했다.

"커, 으하하! 드디어 되었군. 드디어 되었어. 하긴 이제 슬슬 한 놈쯤은 들어와야 정상이지."

"그것이 무슨 말이오?"

"뭐긴, 탈옥하려는 거지."

피월려도 그것을 당연히 생각했다. 지마급 마인인 그가 평범한 인간을 잡아두는 이런 감옥에서 그대로 썩을 리 만무했다. 실제로 그는 내력이 없는 낭인 시절에도 수십 번을 옥살이했고, 수십 번 탈옥했다. 한 번은 살인죄로 떡이 되도록 태형을 맞아 사지를 거의 쓰지 못하는 상황에서도 탈옥을 해낸 적까지 있었다. 아무리 낙양성 군부의 감옥이라 하나 무림인을 붙잡아두기 위해 특수 설계된 감옥이 아닌 이상 충분히 빠져나올 수 있다.

그런데 피월려가 무림인이라는 것은 피월려의 탈옥과 관계가 있는 것이지 그 노인과는 아무런 상관도 없다. 피월려는 그 노인이 자신이 탈출하려는 데 기생충처럼 옆에서 득을 보려 한다고 생각하고는 차갑게 말했다.

"내가 무림인이라는 것과 노인이 탈옥하는 것과는 아무런 상관도 없소."

그 노인은 또다시 광소하더니 이내 설명하기 시작했다.

"군부의 감옥은 무림인을 가두는 곳과 일반인을 가두는 두 감옥이 있다. 그런데 요즘에는 하도 낙양에 흘러든 무림인들이 많아 감옥에 남아나는 방이 없게 됐지. 더는 수용할 수 없는 지경까지 이르자 뒤가 없는 낭인일 경우 그냥 참수해 버리고 뒤로 뭔가 뇌물을 받을 수 있을 만한 무림인들만 옥에 가두는 형국이 되었다. 그러나 그것도 역시 한계가 있지. 그래서 지금은 일반 감옥에도 무림인을 넣지 않을 수 없는 상황이 되었다."

그 노인은 침을 꿀떡 삼키고는 다시 말을 이었다.

"일반 감옥에도 무림인이 점차 채워지기 시작하자 경비가 강화되었어. 군에서도 무공을 익힌 백운회 고수들이 직접 옥을 지키게 되었지. 물론 그렇게 고급 인력을 낭비할 만한 인적 자원이 낙양성 군부에 있을 리 없지. 그래서 이제는 그냥 하룻밤만 지나면 확실하지 않은 놈들은 그냥 죽여 버려. 네놈 또한 마찬가지야. 방화라고? 말 다 했지. 그러니 지금 즉시 탈옥하는 수밖에 없다. 그러나 넌 정보가 없어. 하지만 꽤 오랫동안 옥에서 살아온 나에게는 그것이 있지. 방금 말한 걸 들어서 알겠지만 말이야. 어때? 좋은 제안 아닌가?"

피월려는 신궁이 속사하는 화살 같은 말을 듣고는 나지막하게 물었다.

"그렇다면 노인장은 어찌 이리 오랫동안 살아 계시오?"

"그야 나는 무림인이 아니니까."

"무림인만 즉결 처형한다는 것이오?"

"무림인은 곧 살인자야. 그러니 정의를 숭배한다는 저놈들도 즉결 처형하는 데 별다른 거리낌이 없지."

피월려는 잠시 그 노인을 주시하며 생각을 정리했다.

"하는 말이 빠르면서 논리 정연한 것을 보니 이 말을 여러 사람에게 한 것 같소만?"

"눈치가 좋군. 지금까지 총 다섯 명의 무림인에게 이 제안을 했고, 모두 비웃었다. 그리고 하나같이 혼자서 탈옥하려 했지."

"몇이나 성공했소?"

"그중 네 명은 뒈진 것이 확실하고 나머지 한 명은 잘 몰라. 간수도 그 새끼에 대해서는 언급을 안 하더군."

"이 할이라……. 해볼 만한 것 같소만."

"큭큭큭, 난 또 다른 무림인을 기다리면 그만이다. 혼자 탈옥하려거든 마음대로 해라."

그러나 그 목소리에 숨겨진 아쉬움을 피월려는 분명하게 느꼈다.

"왜 혼자 하질 않소? 무림인이 아니라 그렇소?"

"나도 무림인이다. 내공을 익혀보지 않은 사람이 어떻게 다른 이의 실력을 알아볼 수 있겠느냐? 내 계획이 성공하고 않고는 전적으로 다른 사람의 실력에 달렸는데 말이지."

"아까와는 말이 다르오. 무림인이 아니라고 하지 않았소?"

그 노인은 끙 하며 앓는 소리를 내더니 곧 솔직하게 이야기했다.

"뭐, 결국에는 알게 될 테니까 말해주마. 나는 두 발이 잘렸다. 양 발목이 절단 났지. 그래도 내가 무림인임을 들키지 않아 오늘까지 생명을 보장받았으니 세상일은 묘하기 그지없어."

피월려는 비웃음을 숨기지 않았다.

"큭큭큭, 도둑이었소?"

고대에서부터 도둑질은 오른손을 자르는 것으로 벌을 내렸다. 시장에서 음식을 훔치거나 다른 사람의 물건을 갈취하는 행위는 누구나 손쉽게 할 수 있는 범행이면서 사회를 혼란스럽게 만들기 때문에 특별한 재판도 없이 그렇게 판결이 내려져 왔다.

작금에 와선, 훔친 물건의 값에 세 배, 또는 네 배 이상으로 되갚거나 아니면 품삯을 받지 않고 일을 해주는 것으로 흐지부지 끝나는 경우가 허다하다. 그러나 피해자가 원하면 얼마든지 관청에 고발하여 기어코 오른손을 자르게 할 수는 있다. 그리고 그 죄가 상대적으로 무겁다고 판결이 나면 오른손이 아니라 발을 잘라 버리는 예도 있었다. 돈이 많은 집에 침입하여 귀중품을 강탈하는 경우가 바로 그런 예다.

"이래 봬도 이쪽에서 신투라 불렸던 몸이다. 낙양성이 아니라 하남성 전체에서 신투 좌추라 하면 다들 알아주는 몸이야."

"자기를 신투라고 칭하는 도둑은 전 중원에 아마 천 명이 넘어갈 것이오. 게다가 진짜로 신투라면 애초에 여기 이렇게 있지도 않을 것이오. 내 말이 맞지 않소?"

"크응."

좌추는 마땅히 되받아칠 말이 생각이 안 났는지 앓는 소리만 낼 뿐, 이렇다 할 대답을 하지 못했다.

피월려가 나지막하게 말했다.

"결론을 말하자면, 탈출할 수 있는 계획은 있으나 발이 없어 실행할 수 없다는 것 아니오?"

"그렇지. 젊은 놈이라 말귀를 잘 알아듣는군."

"누구라도 잘 알아들었을 것이오. 그럼 묻겠소. 내가 탈출을 돕는다면 내게 뭘 해줄 것이오?"

"그게 무슨 소리냐? 네놈도 탈출하고 나도 탈출하는 거지."

피월려는 한 번 더 비웃었다.

"나는 나 스스로 탈출하면 그만이오."

"그건 불가능하다. 그런 소리를 지껄인 다섯 중 네 명은 확실히 돼졌다니까."

"그 말을 내가 어찌 믿소?"

"뭐라?"

"애초에 내가 노인장을 어찌 믿느냐 이 말이오. 노인장을 믿는 것과 나 혼자 스스로 탈출하는 것 그 둘 중에 어떤 것이 더 옳은 선택인지는 하늘만이 알 것이오. 그렇지 않소?"

"젊은 놈이 늙은이의 말을 무시하다니 심성이 참으로 고약하구나. 쯧쯧쯧."

"잘 생각해 보시오. 노인장은 어차피 발이 없으니 여기서 평생 탈출할 수 없을 것이오. 그러니 계획이 실제로 없다 해도 지푸라기라도 잡아보자는 식으로 내게 이런 제안을 할 수도 있는 것 아니오?"

"……."

"내 말이 틀렸소?"

좌추는 선뜻 대답하지 않았다.

지금 감옥은 매우 어두운 편이라 피월려와 좌추는 서로의 모습을 눈으로 확인할 수 없었다. 표정이나 움직임을 확인할 수 없는 상황이니 앞에서 대화를 하면서도 서로 오가는 정보가 많지 않았다. 그러나 그럼에도 좌추는 오랜 연륜을 통해서 피월려라는 인간에 대해 어느 정도 윤곽을 잡을 수 있었다.

냉철한 말투와 논리적인 사고방식, 쉽게 남을 믿지 않지만 의심을 속으로 품지 않고 바로 입 밖으로 꺼내어 상대방의 이해를 구하는 모습, 그리고 묘한 설득력으로 대화를 주도하는 능력.

이것은 사람이 뼛속까지 자신감이 꽉 차 있지 않고는 가질 수 없는 성품이다.

좌추는 다시 한번 피월려가 제격이라 느꼈다.

호락호락하지 않는 사람을 이용하려면 머리를 굴리는 것보다는 그냥 대놓고 거래를 하는 것이 훨씬 용이하다.

좌추가 나지막하게 말했다.

"뭘 원하나?"

"무엇을 가지고 있소?"

"내가 말했잖느냐? 난 신투야. 뭘 가지고 있겠나? 뻔하지."

"돈이라면 됐소."

"역시… 무림인이 확실하군. 그래, 좋다. 내 보법을 주마."

"그것도 사양하오."

좌추는 놀람을 감추지 않았다.

"정말이냐? 지금까지 내 보법을 노리고 말한 것이 아니냐?"

"신투라고 불리는 사람의 보법이라면 당연히 가지고 싶소. 그러나 내가 바라는 것은 따로 있소."

피월려가 마교에 입교하기 전이라면 당연히 보법을 달라고 했을 것이다. 그러나 그는 역혈지체를 이룬 마인이고, 마공을 제외한 무공이 더는 몸에 맞지 않았다.

"도저히 예상이 안 가는군. 원하는 게 뭐냐?"

좌추의 물음에 피월려는 눈빛을 빛냈다.

"삼(蔘)이오."

"뭐?"

"삼 하나를 찾아주시오. 신투인 데다 연륜까지 있으니 음지의 인맥이 깊을 것 같은데, 도둑맞은 물건의 소재를 파악하는 것쯤이야 간단한 일 아니오?"

"……."

좌추는 피월려의 의도를 파악할 수 없어 한동안 침묵을 지켰다. 피월려는 그 어색함을 먼저 깼다.

"뭐, 사실 그 삼을 찾지 못해도 상관은 없소. 그러나 그것이 무슨 물건인지, 어디에 쓰는 것이며 어디서 난 것이지 그 삼에 관계된 모든 정보를 가져다주면 되오."

"묘하군, 묘해. 물건은 안 찾아도 되지만 그 정보는 알려달라? 크흠, 그걸 어디서 도둑맞은 것이냐?"

"그건 잘 모르오. 내가 도둑맞은 것이 아니오."

좌추는 갑자기 손뼉을 쳤다.

"하핫! 걸려들었군. 자기 것도 아니면서 탈환하려고 하는 거면 뻔하지. 누군가의 약점을 잡고 싶은 게로구나!"

피월려는 짧은 침묵으로 긍정했다.

"그저 순수한 궁금증일 뿐이오. 하여간 이 정도 조건이면 어려운 것도 아니고 얼마든지 한 번쯤 해줄 수 있는 호의 수준인데 좋지 않소?"

피월려는 믿을 수 없는 상대와는 무게 있는 약속을 왠만해선 하지 않았다. 자칫 잘못하면 그 약속의 결과에 얽매여서 매달리게 되기 때문이다. 탈출하다가 상황을 봐서 어쩔 수 없으면 버려야 하는데, 돈이니 보법이니 하는 걸로 판단을 흐려지게 하는 건 좋지 않았다.

긴박한 상황에서는 사람과 그 사람의 약속이 마치 절대적으로 동일한 것처럼 생각하기 때문에 조금이나마 망설이기 십상이다.

노인을 놔두고 가게 되면 마치 돈과 보법을 버리고 가는 것과 같이 느껴지는 것이다. 나중에 그 노인이 돈과 보법을 보상으로 준다는 보장은 어디에도 없는데도 말이다. 그런데 그런 것 때문에 판단을 조금이라도 뒤늦게 하게 된다면 칼날이 피부 위에서 춤추는 무림에서 죽음에 한 발짝 다가가는 것과 같다.

해주면 고맙고 아니면 말고.

이 정도의 보상이 가장 적당했다.

좌추의 입장에서도 나쁠 건 없었다. 그 정도의 정보를 주는 것으로 이 감옥을 빠져나간다면 기가 막힌 거래를 하는 것과 진배없었다. 보법이나 돈으로 살 만한 것을 거저 얻은 것이니까.

좌추는 음침하게 웃었다.

"으흐흐. 뭐, 나야 상관없는 일이지. 이 지긋지긋한 곳에서 나갈 수만 있다면야. 좋다. 이쪽으로 와서 나를 업어라."

피월려는 당황한 목소리로 물었다.

"지금 말이오?"

"그렇다."

"설마 지금 즉시 탈출하는 것이오?"

"이 감옥은 경비가 순찰하지 않는다. 항상 같은 자리를 고수할 뿐이지. 교대 시간에는 오히려 병력이 두 배가 된다. 차라리 즉흥적으로 시간을 잡는 것이 좋다. 우리한테 즉흥적인 것은 상대에게도 즉흥적이니."

피월려는 왠지 마지막 말이 마음속에 와닿는 것을 느꼈다. 그러나 그 노인이 결국에는 붙잡혀서 발목이 잘린 도둑이라는 것을 깨닫고는 머리를 흔들어 그 말을 잊어버리려 했다.

"아니야, 아니야."

피월려는 혼잣말처럼 중얼거렸으나 하도 고요한 곳이라 그런지 좌추는 그 말을 뚜렷하게 들을 수 있었다.

"왜, 싫으냐?"

"아, 아니오. 그런 뜻이 아니었소."

피월려는 어둠을 더듬거리면서 천천히 좌추에게 다가갔다. 그리고 그의 몸을 찾아 번쩍 들었는데, 사람의 무게가 이리도 가벼울 수 있다는 사실에 큰 충격을 받았다.

그것을 좌추도 눈치챘는지 쓸쓸한 표정을 지었다.

"하루에 한 끼도 제대로 안 준다. 야박하지."

"……"

근육도 살도 없이 그냥 뼈에 가죽을 덮어씌워 놓은 것 같았다. 피월려는 겉옷을 풀어서 좌추를 등 뒤로 받치고 그 위에 옷을 입어 고정했다. 노인들이 가진 특유의 냄새와 똥오줌 같은 온갖 분비물 냄새가 뒤섞여 피월려의 코를 찔렀다.

그는 내색하지 않고 살짝 뒤를 돌아보며 말했다.

"자세는 어떻소?"

"솔직히 너무 꽉 끼지만, 이제부터 심하게 움직여야 할 테니 감수해야지."

피월려는 어깨를 탁 폈다.

"자, 그럼 한번 해봅시다. 먼저 어떻게 하오?"

"나무 창살 오른쪽 끝에서 바닥을 밀치면 기어 나갈 수 있을 정도의 공간이 생긴다. 우선 그곳으로 빠져나가라."

"안에서 허송세월을 한 것은 아닌가 보오?"

피월려는 그냥 하는 말이었으나 좌추에게는 전혀 그렇지 않았다.

"보냈지. 너무 많이 보냈다. 지겨울 만큼이나."

노인의 말속에 녹아든 그 허무함은 피월려의 혀를 굳게 만들었다.

천천히 기어서 밖으로 나온 피월려는 한 치 앞도 보이지 않아 손으로 벽을 짚고 일어섰다.

"어디로 가야 하오?"

"일단 오른쪽 벽에 손을 짚고 그대로 벽을 타면서 걸어라."

까칠까칠하고 끈적끈적한 벽면에 손을 대는 느낌은 그리 좋지 않았다. 피월려는 그 어느 때보다 은밀하게 천천히 걸음을 옮기기 시작했다. 그러자 복도 끝에서 불빛이 새어 나오는 것이 보였다. 오랫동안 어둠에 눈이 익어서 그런지 미약한 빛임에도 눈이 아려올 정도로 밝게 보였다.

피월려는 좌추에게 말했다.

"불빛이오."

좌추도 그것을 보고는 피월려의 귓가에 작게 속삭였다.

"저기에는 관병 두 명이 있다. 이 감옥은 거미줄처럼 퍼져 있는데, 우리 위치에서 보았을 때 저곳이 가장 처음 나오는 교차점이다. 저곳에는 여섯 개의 갈림길이 있는데, 우리가 있었던 곳과 같이 수감자가 있는 곳이 다섯, 그리고 상층으로 향하는 길이 하나다."

공기 중에 섞여 있는 냄새나 습도로 보아 이곳이 지하라는 것은 피월려도 알고 있다. 중원 어디에서든지 감옥은 지하에 짓는 것이 보통이다.

그러나 문득 얼마나 깊은 지하인지 궁금해졌다. 낙양성만큼이나 큰 대도시라면 여러 층으로 나뉘어 있을 가능성이 컸기 때문이다.

"상층이라 함은 얼마나 더 올라가야 땅에 이를 수 있소?"

"여기는 원래 자연 동굴이었던 곳을 조금 손봐서 만든 감옥이다. 지극히 오래전부터 존재했던 곳으로 삼백 년은 족히 흘렀지. 그러니 우리가 어떻게 층이라고 나눌 만한 건 없다."

"하지만 방금 상층이라 하지 않았소?"

"상층이라 하여 위치상으로 위에 있는 층이 아니다. 그저 출구와 더 가까운 곳을 상층이라 칭하는 것뿐이지. 정확한 내부 구조는 나도 모른다. 하지만 여기서부터 출구까지 이르는 길은 잘 알지."

"뭐, 알겠소. 이제 어떻게 하면 되는지 말해주시오. 가서 관병 두 명을 죽이면 되오?"

"그건 안 될 말이다. 여기는 메아리가 심하게 울리는 곳이라 조금 큰 비명이라도 전 감옥을 울리게 하지. 둘 중 한 명이 소리라도 크게 외쳐 버리면 답이 없다."

"그럼 어떻게 하오?"

"혼란을 만들어야지. 여기서 왼쪽으로 움직여라."

피월려는 좌추가 시키는 대로 하며 어둠 속에 손을 뻗어 앞을 더듬거렸다. 곧 벽에 부딪칠 것으로 생각했던 피월려는 한동안 걸음을 옮겨도 길이 막히지 않자 이를 기이하게 생각했다.

"이상하오. 또 다른 길이 있소?"

"길마다 세 개에서 네 개 정도의 방이 있다. 우리처럼 수감자가 있지. 좀 더 가다 보면 다른 수감자가 있는 방이 나올 거야."

곧 피월려는 좌추의 말대로 나무 창살과 맞닥뜨리게 되었다. 그 안 역시 암흑으로 가득했는데, 미약하게 숨을 쉬는 소리가 들리는 것을 보아 누군가 잠을 자는 것이 분명했다.

좌추가 말했다.

"큰 소리로 저 녀석을 깨워라."

"아까는 소리를 내면 안 된다고 하지 않았소?"

"한 번 말하면 딱 하고 알아들어야지. 쯧쯧쯧."

피월려는 얼굴을 찌푸리고 말했다.

"무슨 말인지 모르겠으니 설명해 주시오."

"일단 소리를 질러서 저 녀석을 깨우면 교차점에 있던 관병 중 한 명이 확인차 여기로 올 거야. 너는 그전에 다른 길에 잠시 숨어 있다가 빠르게 교차점으로 가서 홀로 남은 관병을 기습한다. 그리고 상황을 파악하고 되돌아오는 관병을 마저 기습하는 것이지."

"말처럼 쉽지는 않을 것 같소만, 한번 해보겠소."

"행운을 빈다."

피월려는 폐를 공기로 가득 채우고는 눈앞에 있는 감방 안으로 큰 소리를 내었다.

"성(醒)!"

"우, 우아악!"

감방 안의 수감자는 갑자기 천둥 번개 같은 호통에 잠에서 번쩍 깨어나 괴상한 소리를 내었다. 그리고 곧 먼 뒤쪽에서 메아리가 울려 피월려에게 한 번 더 들렸다.

"무슨 일이냐!"

뚜벅뚜벅.

관병 중 한 명이 걸어오기 시작했다. 피월려는 빠르게 몸을 돌려 최대한 소리가 나지 않게 하며 뛰었다. 그 관병이 이쪽으로 오기 전에 피월려가 먼저 자기가 있던 감방으로 되돌아가야만 숨어서 먼저 지나가기를 기다릴 수 있었다.

적당한 장소를 잡은 피월려가 고양이가 몸을 숨기는 것처럼 한쪽에 웅크리고 앉았다. 그리고 벽면에 탁 달라붙어서 관병이 지나가기를 기다렸다. 불빛이 점차 가까워지며 서서히 주변 환경의 윤곽이 드러나기 시작했다.

횃불을 들고 무언가를 질겅질겅 씹어대는 관병의 그림자가 지나가자 피월려는 눈을 치켜뜨고 걸어가는 관병의 뒷모습을 보며 적당히 기회를 엿보았다. 그의 몸이 서서히 마기로 달궈지고 그의 정신이 점차 용안심공으로 가득 찼다.

정확한 순간은 뒤에 있던 좌추가 신호를 내렸다.

"지금이다. 달려."

다리 근육에 잔뜩 품은 마기가 폭발하며 놀라운 속도를 내었다. 좌추는 순간 오랫동안 잊고 살았던 보법을 맛보는 것 같았다. 주변 환경의 점이 선으로 변하는 그 좋은 느낌은 참으로 정겹고 그리운 것이었다.

팟! 팟! 팟!

한 발자국, 한 발자국이 바닥을 깎았다.

가까이 감으로써 점점 밝아지는 교차로 지점의 불빛이 점차 피월려의 동공을 조금씩 한 점으로 모았다. 그 동공의 중심에 머리를 긁적이며 육포 하나를 입으로 가져가는 한 관병의 옆모습이 맺혔다.

팟! 팟! 팟!

소리가 들리면 사람은 자연스럽게 고개를 돌린다. 그 관병 또한 육포를 뜯으면서 서서히 고개를 돌렸다. 그는 곧 피월려의 모습을 확인할 것이고 그렇다면 즉시 소리를 질러 그의 존재를 사방팔방에 알릴 것이다.

관병의 시야에 피월려의 악귀 같은 모습이 들어오는 찰나,

피월려는 달려오던 그 속력까지 모두 양손에 담아서 머리를 붙잡아 그 관병이 고개를 돌리는 것을 친히 도와주었다.

고개를 돌리는 과정에선 목 주변의 근육이 이완되어 한없이 부드럽게 변하는데 그것을 그대로 돌려 버리면 의외로 매우 쉽게 돌아간다. 하물며 내력을 담은 무림인의 힘이라면 어떨까?

우드득!

그 관병의 목은 오른쪽으로 돌았으나 왼쪽을 보게 되었다. 피월려의 믿을 수 없는 감속 때문에 급생성된 부드러운 풍압(風壓)만이 그 관병이 생애 마지막으로 느낄 수 있는 바람이었다.

그 몸은 허물어지는 모래성처럼 바닥에 쓰러졌다.

"빨리 이놈의 몸을 숨기고 기습을 준비해라. 다른 놈이 지금 즉시 나타난다 해도 이상하지 않아."

피월려는 좌추의 충고가 아니더라도 그쯤은 충분히 파악하고 있었다.

그는 시체를 빠르게 집어서 한쪽으로 밀어 넣었다. 마기의 힘 때문인지 무장한 성인 남자의 시체도 그리 어렵지 않게 치워 버릴 수 있었다.

그 뒤 피월려는 즉시 주변을 살펴 그 관병의 뒤를 노릴 수 있을 만한 곳을 물색했다. 그리고 죽은 관병의 검을 빼 들고는 눈에 띄지 않을 적당한 구석에 서서 벽면에 완전히 몸을 밀착시켰다.

곧 일정한 간격으로 발걸음 소리가 들렸고, 점점 커지기 시작했다. 그러나 그 주기는 보통 사람이 걷는 것보다 느렸다.

피월려는 마음속으로 그 걸음을 읊었다.

탁. 탁. 탁.

뚜벅. 뚜벅. 뚜벅.

탁. 탁. 탁.

뚜벅. 뚜벅. 뚜벅.

머릿속의 추와 관병의 발걸음 소리가 완전히 일치했다.

그 관병은 동료가 죽었다는 사실도 모른 채 쾌활하게 웃으며 교차로 지점으로 모습을 드러냈다.

"아아, 별거 아니야. 그냥 미친놈이 발작했나 봐. 재수 없게."

그는 자기의 등 뒤에서 사신이 그를 뚫어져라 지켜보고 있다는 것은 꿈에도 몰랐다.

뚜벅!

관병이 졸음이 가득할 정도로 여유 있는 한 걸음을 내디뎠고, 동시에 피월려의 다리가 찢어질 만큼 넓게 한 걸음을 내디뎠다.

뚜벅!

관병의 보폭은 그대로였으나 피월려의 보폭은 조금씩 좁아졌다. 그 두 개의 발걸음이 마치 하나인 것과 같이 움직였다.

뚜벅!

피월려는 완전히 그 관병의 뒤에 서게 되었다.

뚜벅!

그 관병은 다음 걸음을 걷지 못했다. 피식 웃으면서 육포를 건네야 하는 동료가 바닥에 쓰러져 싸늘하게 식어가는 모습이 눈에 들어왔기 때문이다.

사람은 누구든지 가까운 지인의 죽음을 보거나 듣게 되면 일단 믿지 않게 된다. 멍하니 영혼이 나간 것처럼 상황을 이해하지 못하는 것이다.

그나마 그는 훈련된 군병이기에 눈을 두어 번 깜박이는 것으로 모든 충격에서 벗어났다. 그러나 무림인에게는 그 정도의 시간만으로도 충분했다.

퓨욱!

무형검 달인의 손에 들린 검은 마치 물속을 흐르는 것과 같이 사람의 피육을 헤집었다.

쿵.

뒷목을 관통당한 그 관병이 머리부터 땅에 떨어졌다.

피와 뇌수가 섞인 묘한 색의 액체가 그 관통 부위에서부터 보글거리며 흘러나왔다.

좌추는 짧은 감상평을 남겼다.

"귀신같은 솜씨군."

피월려는 고개를 저었다.

"진짜 귀신을 보지 못해서 하는 소리이오. 나는 귀신 축에도 들지 못하오."

"……."

"이젠 어찌하오?"

좌추는 마음속으로 피월려에 대한 평가를 한층 강화하면서 대답했다.

"일단 저 육포 좀 줘. 볼 때마다 먹고 싶어 미칠 것 같았지."

피월려는 관병의 입속에 있는 육포를 꺼내어 뒤로 건넸고, 좌추는 그것을 허겁지겁 받아서 입속에 쑤셔 넣었다. 좌추의 입가가 귀에 아주 가까운 터라 피월려는 좌추가 씹어대는 그 소리를 계속해서 들어야 했다.

"아주 잘 드시오."

"맛이 일품이군."

다른 사람 입속에, 그것도 죽은 사람 입속에 있던 음식이 일품일 리 만무했다.

"이젠 뭘 할지 알려주시는 게 좋지 않겠소?"

"그래, 그래야지. 일단 군복(軍服)으로 갈아입어야 한다. 이제부터는 눈에 띄면 안 되니까 최대한 군부 사이에 녹아드는 것이 중요하다."

"알았소."

피월려는 옷을 벗으며 좌추를 한쪽에 내려놓고 피가 묻지 않은 깨끗한 관병에게서 얻은 군복으로 갈아입었다.

옷을 갈아입는 동안 책상에 걸터앉은 좌추는 피월려의 몸매를 이리저리 훑어보았다. 그 시선을 느낀 피월려는 어색함과 불쾌감을 동시에 느끼며 헛기침을 했다.

"흠흠, 뭘 그렇게 보시오?"

좌추는 아랑곳하지 않고 주름진 눈매를 들어 피월려의 알몸을 조목조목 살폈다. 이제는 수치심까지 들려고 하자 피월려는 그냥 잽싸게 옷을 입는 것으로 좌추의 눈길을 막았다.

좌추는 피월려의 눈에 시선을 맞추었다.

"내 평생 살면서 그 정도로 다부진 육체는 처음이군. 외공의 고수라도 따라오기 어려울 정도야."

"그거야 당연하오. 나는 외공의 고수이오."

좌추는 눈을 찌푸렸다.

"뭐라? 아까 보여주었던 그 신위는 내공이 없으면 불가능하다."

"정확히 말하면, 처음에는 외공을 극한으로 익혔다가 나중에 내공을 익히게 되었소."

"오호라, 과연 그렇군. 그러나 그렇다고 한들 결국 일정 부분을 내공에 의존하게 되어서 근육량이 수축하게 마련이지. 하지만 네 상체는 오로지 외공을 극한으로 익힌 고수의 것과 같다. 각 갈비뼈와 척추를 잇는 모든 근육이 외형으로 나타나는 상체는 육체의 힘으로 검을 휘두르는 자가 아니면 가질 수 없어. 그것도 검끝의 그 한 점으로 전신의 모든 뼈와 근육의 힘을 모을 수 있는 수준의 검술이 아니면 불가능하지. 즉, 신검합일을 이룬 외공의 고수 말이다."

"내공을 익힌 지 별로 되지 않아 아직 근육이 남아 있는 것으로 생각하오. 그러나 신검합일 정도의 지고한 경지는 이룩하지 못했소."

"그럼 무형검이군."

피월려의 눈동자가 크게 흔들렸다. 그는 자기에 대한 정보를 너무 많이 노출하는 것 같아 바로 부정하려 했지만, 그러기에는 좌추의 목소리가 너무나 확신으로 가득 차 있었다.

피월려가 물었다.

"그걸… 어떻게 아셨소?"

"특정한 검술에 갇힌 자는 신검합일을 이루지 못하는 이상 모든 근육이 발달할 리가 없다. 자주 쓰는 것만 계속 쓰는데 갈비뼈 사이사이의 근육이 그 윤곽까지 육안으로 확연히 보일 정도로 개발될 리가 없지 않으냐? 그런데 신검합일을 이루지 못한 자가 그런 근육을 가졌다면 애초에 특정한 검술에 갇히지 않은 사람만 가능한 것이지. 온갖 근육을 전부 써대면서 괴기한 움직임조차 검술로 승화시키는 무형검이 답일 수밖에."

"……."

"내공이 쌓여서 슬슬 검공을 익히려고 생각한다면 별로 추천하지 않는다. 내 개인적인 생각에는 신검합일을 이루는 가장 빠른 길은 무형검이다."

피월려는 잠시 고민하더니 고개를 저었다.

"그건 아니라 보오. 무형검은 내가 검을 완전히 지배하는 어검술(御劍術)을 기반으로 하고 있소. 신검합일은 검과 내가 하나가 되니… 이는 정반대의 결과가 아니오?"

좌추는 콧소리를 내며 입꼬리를 말았다.

"큭큭, 사검과 생검의 차이를 논하자는 것이냐? 그 이야기의 끝은 하늘의 검선(劍仙)들도 모를 것이다."

"그것이 아니오. 그저 논리적으로 말이 되지 않……."

"논리는 개나 줘버려라. 음과 양이라는 극과 극이 모여 태극을 이루는 것을 모르느냐? 가장 멀리 떨어져 있는 것은 가장 가까이 있는 것이다. 검과 하나가 되는 신검합일과 검을 완전히 지배하는 어검술은 결국 같은 것이야. 내가 직접 경험한 것은 아니지만 이 세상의 이치가 그런 식이지. 분명히 신검합일과 어검술도 그럴 것이다."

나를 죽이고 검이 주인이 되는 생검의 극인 신검합일.

검을 죽이고 내가 주인이 되는 사검의 극인 어검술.

이 둘이 원래 하나다?

깨달을 듯 깨닫지 못하는 안타까운 감정이 피월려의 마음 속에 자리 잡았다. 무공을 떠나서 순수한 검술 그 자체의 진보는 참으로 오랜만이다. 그는 최대한 정신을 집중하여 온갖 상상력을 동원해서 그 꼬리를 붙잡으려 노력했다.

그러나 상황이 여의치 않았다.

"정신 차려라. 지금이 어떤 상황인지 몰라서 그러느냐? 내가 괜한 소리를 해서 집중을 흐렸구나."

피월려는 누군가 물을 끼얹은 것 같은 느낌이 들었다. 그 순간, 작고 작은 깨달음은 용이 되어 하늘 높이 승천해 버렸다. 애석하게도 일말의 흔적조차 남기지 않았다.

피월려는 앞머리를 콩콩 하고 쳤다. 생사가 갈린 일을 앞에 두고 감상에 젖을 시간이 없다. 그는 관병의 검을 허리에 차는 것을 마지막으로 완전하게 군복으로 무장했다.

"나는 그럭저럭 된 것 같은데 노인장은 어떻게 위장할 생각이오?"

"간단하다. 저기 저 포대 같은 것으로 나를 싸고 입과 가슴 주변에 저 관병의 피를 묻혀라."

"아하, 죽은 척하는 것이오? 그런 시시콜콜한 수법이 걸리겠소?"

"이런 옥에서 폐병으로 죽는 녀석들이 얼마나 많은지 아느냐? 하루에도 두세 명은 명을 달리하는 곳이 바로 이곳이다. 나처럼 뼈밖에 없는 시체를 버리려 한다고 하면 아무도 의심하지 않을 것이다. 게다가 백발의 노인이니 더할 나위 없지."

"그렇게 말하는 것을 들으니 정말로 궁금해지는데, 이곳에서 얼마나 오랫동안 있었던 것이오?"

"자그마치 오 년이다. 앞으로 십 년이나 더 남았지."

범인의 평균 수명이 오십인 것을 감안하면 십오 년형은 매우 무거운 선고였다. 피월려는 이상함을 느끼며 물었다.

"설마 십오 년형을 받은 것이오? 단순히 제물을 탐한 거로는 너무나 과장된 처사가 아니오?"

"더 자세한 건 알 것 없다."

"뭐, 좋소. 여길 나가면 알려주시오."

좌추는 콧방귀를 뀌었다.

"내가 네놈을 어찌 믿고 그럴 수 있겠느냐? 일단 탈출이나 하고 말하거라."

"알겠소. 이젠 어디로 가오?"

"좌측으로 붙어서 삼 리 정도 계속해서 걷다 보면 거대한 동공 같은 곳이 나올 것이다. 거기에는 대략 다섯에서 여섯까지 보초를 서는 경우가 있는데, 말을 잘해서 시체를 모아두는 소각장을 찾아 그쪽으로 가면 된다. 그 뒤에는 소각장에 도착한 뒤 다시 지시하겠다."

"소각장이 어디 있는지는 모르시오?"

"거기까지는 너무나 복잡해서 까먹은 지 오래다."

"썩 믿음직스럽지는 않군. 하지만 뭐 어쩌겠소? 한번 해봅시다."

피월려는 음흉한 미소를 지으면서 포대를 들어 좌추를 올려다 놓았다. 그리고 관병의 피를 손으로 묻혀서 좌추의 입과 가슴에 덕지덕지 칠했다. 여전히 능글거리는 표정의 피월려는 마지막으로 좌추의 얼굴을 포대로 가렸고, 좌추가 그런 피월려의 표정을 불안한 눈빛으로 주시하는 것을 마지막으로 그들의 대면은 끝났다.

"다 됐소. 이제 업겠소. 잠시 참으시오."

피월려는 한쪽 어깨에 그를 짊어졌고, 좌추는 짧은 신음을 내며 앞쪽으로 살짝 삐져나온 앙상한 두 다리를 오리발처럼 파닥거렸다. 그러나 곧 본인의 임무를 자각하고는 온몸의 힘을 빼고 숨을 쉬는 것조차 들리지 않을 정도로 조용히 했다.

피월려는 서서히 걸음을 옮겼다.

어깨를 짓누르는 무게는 비교적 가벼웠으나, 워낙 바닥이

칙칙하고 미끄러워서 그런 무게마저도 걷는 것을 방해하는 듯했다. 게다가 어떤 일이 일어날지 모르는 지금 같은 상황에서 몸의 자세가 불편한 것은 어쩌면 위험한 상황에서 치명적으로 작용할 수도 있었다.

만약을 대비해서 항시 내력을 끌어 올려야 할까?

아니다. 지금은 관병으로 위장한 상태이다. 태연한 척 연기해야 하는데 언제라도 전투를 할 수 있는 자세와 마음가짐을 취한다면 언제나 생사의 갈림길에서 시간을 보내는 관병들이 그 냄새를 맡을 가능성이 컸다.

살기라는 것은 인간뿐만 아니라 동물에게도 찾아볼 수 있다. 본능에 그 뿌리를 두는 이상 그것은 언제나 은연중에 흘러나오는 것으로 그것을 원천적으로 봉쇄하는 것은 불가능하다.

먼저 스스로 방패를 내려야만 상대방의 창을 내릴 수 있는 법이다. 그러니 이 정도의 불편함은 감수해야 한다. 갑작스러운 기습에는 취약할 수밖에 없지만, 그것까지 방비하며 걸음을 옮기다가는 노련한 관병에게 들키기 십상이다.

그래도 속으로 불안한 건 어쩔 수 없었다. 항상 죽음이 뒤따르는 인생을 살아온 피월려가 갑자기 자신의 방패를 내릴 수는 없다. 그러나 지금은 무조건 내려야 한다. 본능을 억제하는 것이다.

뚜벅뚜벅.

그는 고개를 숙이고 태연하게 걸음을 옮겼지만, 그의 오른손은 허둥지둥 접었다 폈다를 반복했다. 자꾸만 검집에 가는 그 손을 피월려는 어디에다 두어야 할지 감을 잡지 못했다.

"그건 뭐지? 누가 죽었나?"

피월려는 그 목소리가 귀를 강타하는 것 같았다. 그는 결단코 그 목소리의 주인이 이리도 가까이 왔다는 것을 감지하지 못했다. 머릿속 상념이 가득해서 오감을 통해 전해온 정보를 전혀 처리하지 못한 까닭이다.

피월려는 고개를 퍼뜩 들고 상대방을 쳐다보며 굳은 목소리로 대답했다.

"아, 네. 그렇습니다."

"누구지?"

"좌추라는 자입니다."

턱을 쓸며 의심스러운 눈초리로 피월려의 눈을 노려보는 그 사내는 외관상 대략 삼십 대 중반으로 보였다. 짧은 잔수염이 턱에서 귀까지 있어 얼굴의 윤곽을 가렸고, 눈가에 진 주름과 여기저기 난 상처에는 고된 세월의 흔적이 담겨 있었다.

그는 피월려의 두 눈을 주시했다.

피월려는 마음속으로 되새기고 되새겼다.

궁금하다. 궁금하다.

긴장하고 놀란 눈동자는 절대 금물이다.

태연하고 여유로운 눈동자 또한 한 보 부족하다.

가장 이상적인 눈동자는 바로 궁금증을 담은 눈동자다.

상관의 명령이 무엇일까 하고 기다리는 그 궁금증을 말이
다.

그 남자가 툭 하니 내뱉듯 말했다.

"가봐라. 명단에서 제외하는 것 잊지 말고."

안심하지 마라. 안심하지 마라.

피월려는 자연스럽게 나오려는 날숨을 다시 한번 들이켰다.

"예."

피월려는 고개를 살짝 끄덕이고는 다시 갈 길을 걸었다. 그
는 뒤쪽으로 들리는 발걸음 소리를 듣고는 도저히 참을 수 없
어 슬쩍 뒤를 돌아보았다.

그리고 안타깝게도 그의 예상이 들어맞았다.

그 남자는 피월려가 나왔던 그 길로 향하고 있었다.

피월려는 극히 조용한 목소리로 입을 겨우 뗴었다.

"확인하러 가는 것 같지 않소? 이거 서둘러야 하지 않소?"

좌추 또한 극히 작게 속삭였다.

"침착해라. 원래 계획대로 실행해. 일단 소각장에 도달하면
우리가 없어졌다는 사실이 알려져도 상관없다. 가장 중요한
건 일단 그곳에 도착하는 것이다."

"알았소."

피월려는 불안한 마음을 머금고는 빛을 따라서 다시 걸음을 걸었다. 점차 빛이 밝아짐에 따라 그는 동공이 가까워졌다는 것을 느꼈다. 그리고 또한 멀리서부터 여러 남자가 잡담하는 소리가 들리기 시작했다.

점차 가까워지고, 그 모습이 피월려의 시야에 들어왔다.

수십 개의 환한 등불이 태양처럼 밝히는 그곳은 가로세로 각각 오 장 정도 되는 크기에 피월려가 오는 길을 포함해서 총 다섯 개의 갈림길이 있었다. 그 갈림길 입구에 각각 한 명의 관병이 중무장한 채 서 있었고, 중심에는 싸구려 나무 의자에 앉아 앞에 놓인 책상 위의 서류 뭉치를 작성하는 한 늙은 관병이 있었다.

그렇게 총 여섯 명의 관병이 모두 피월려를 흘겨보았다. 발걸음 소리가 점차 크게 울려서 그가 가까이 왔다는 것을 이미 알고 있었기 때문이다.

피월려는 여섯 쌍의 눈빛을 받으면서 그 동공으로 들어섰다.

"한 놈이 죽었습니다."

그 남자들은 서로 눈치를 보았고, 중앙에 있던 사내가 자리에서 일어나면서 말했다.

"누군가?"

피월려는 머리를 긁적였다.

"잘 기억은 안 나는데, 아마 좌추라는 이름일 겁니다. 환갑은 족히 지난 노인인데 발이 없는 것으로 보아 도둑인 듯합니다."

"좌추? 가만 보자……."

그 남자는 서류를 들어 손가락을 이용해서 그의 이름을 찾아 내렸다. 그런데 그런 와중에 피월려의 옆에서 그를 아니꼬운 눈빛으로 바라보던 한 관병이 피월려의 턱을 툭 쳤다. 피월려는 그것을 피하려는 본능을 억제하려고 꽤나 애를 먹었다.

퍽!

고통에 얼굴을 찌푸리며 턱을 비비는 피월려를 보며 그 관병이 말했다.

"인마, 못 보던 놈인데, 어디 출신이냐?"

"그, 그건……."

피월려는 순간 말을 더듬었고, 주위 공기가 갑자기 차가워졌다. 그 짧디짧은 순간에 일어난 일이라고는 믿을 수 없을 정도로 빠른 변화였다.

관병들의 눈초리가 날카로워졌고, 피월려는 눈치를 보며 나지막하게 말했다.

"북에서 왔습니다."

"북 어디?"

"하북 쪽에……."

"하북 어디?"

"혹시 항산이라고 아시는지?"

"그건 산서에 있지."

"아니, 그러니까, 항산에서 남쪽으로 내려오면……."

"동쪽이 아니고?"

피월려는 살인 충동을 극도로 느꼈다. 그의 눈빛은 한순간 가득한 살기가 담겨 아무리 둔한 사람이라도 눈치챌 만한 수준이었다. 관병이라면 말할 것도 없이 검을 뽑고도 남음이 있었다.

그러나 그 관병의 시선은 다행히 피월려에게 있지 않았다. 서류를 정리하던 늙은 관병이 피월려를 불렀기 때문이다.

"확실히 있군. 이미 죽어도 이상할 것 없는 나이에다가 다리가 없는 것도 맞고. 이름이 좌추라 했는가?"

피월려는 가진 인내심을 총동원해 충동을 억눌렀다. 그의 목에서 흘러나온 목소리는 어떠한 흔들림도 없었다.

"네, 그렇습니다."

"명단에서 제외했으니 소각장으로 데리고 가게."

피월려는 고개를 끄덕였으나 여전히 그 관병에게서 시선을 거두지 않은 채 말했다.

"저… 그런데 제가 아직 길을 완전히 숙지하지 못하여서……."

그 늙은 관병이 혀를 찼다.

"쯧쯧쯧, 그걸 말이라고 하는가? 이쪽 길로 가서 두 번 오른쪽으로 꺾고 나서 왼쪽으로 한 번 더 돌면 바로 나올걸세. 그런데 사인이 뭔가?"

피월려는 준비해 두었던 대답을 꺼냈다.

"입에서 피를 토하며 죽었으니 아마 폐병으로 죽은 것이 아닌가 합니다."

"폐병? 전염성이 있는 것은 아닌가?"

"그거야 소인은 알지 못합니다. 그러니 한시라도 빨리 소각해야 합니다."

"어서 가세. 옥에 전염병이 돌면 대책이 없으니까."

"예."

피월려는 속으로 미소를 그리며 좌추를 왼쪽 어깨에서 오른쪽 어깨로 돌려 매었다. 그러자 관병들은 그를 의심하기는커녕 전염병이라도 옮을까 두려워 역겹다는 표정을 짓고 뒤로 물러났다.

피월려는 일이 너무나 순순히 풀리는 것 같아 오히려 이상함을 느꼈다.

그때였다.

"탈옥이다! 탈옥! 군병 둘이 사망했다!"

한 사람의 큰 목소리가 빠르게 동굴을 휩쓸고 지나갔다.

동공 안의 모든 군병의 표정이 딱딱하게 변함과 동시에 피월려는 속으로 한숨을 내쉬었다.

제십칠장(第十七章)

‘그러면 그렇지.’

누구보다도 빠르게 반응한 피월려는 어깨에 멘 좌추를 옆의 한 관병에게 집어 던짐과 동시에 검을 뽑아 왼쪽에 있는 관병의 어깨를 크게 베었다.

“크아악!”

관병의 비명과 함께 검이 뽑히는 살벌한 소리가 동공을 가득 메웠다.

“저 녀석이다. 합공으로 빠르게 처리한다. 천!”

“지!”

"인!"

세 명의 관병은 똑같은 자세로 검을 들고는 피월려를 향해 각기 다른 방향에서 보법을 펼쳐 거리를 좁혔다.

긴박한 무림인들의 대결에서는 입을 놀리는 경우가 거의 없다. 무림인은 검 하나에 모든 힘을 담아내려고 검법이라는 외형을 익히는데 그 속에는 호흡하는 방법까지도 세밀하게 짜여 있는 것이 다반사이고, 함부로 목소리를 내어 그것을 흐리는 것은 죽음으로 한 발짝 다가가는 것과 같다.

그러나 합공에 있어서는 서로 의사소통이 중요하기 때문에 간혹 입을 열어 암호를 말하는 경우가 있다. 암호에는 역할이 정해져 있어 즉시 서로의 생각을 일치시킨다. 지금 세 명의 관병이 천지인을 말한 것도 그들이 익힌 합공 안에서 서로의 역할을 지정하려는 것이다.

그러나 그들이 정말로 오랜 시간 동안 합공을 익혀 왔다면 굳이 입으로 말할 것도 없이 눈치로 서로의 역할을 정하고 바로 습격할 수 있었을 것이다. 실제로 사귀가 피월려를 낙하강에서 암습할 때, 그들은 단 한마디의 말도 하지 않았다. 그들은 표정 하나 바뀌지 않고도 서로의 마음을 읽어내었다.

사귀만큼 촘촘한 합공은 아닐 것이다. 피월려는 천지인이라는 그들의 암호를 통해 빠르게 단서를 생각했고, 곧 결정을 내렸다.

그는 앞으로 쏟아지듯 다가오는 상대방을 오히려 먼저 마중 나왔다. 천이라 외친 관병의 검이 정면에서 들어왔고, 나머지 지와 인은 속력을 줄이면서 뒤로 물러났다.

피월려는 피하지 않고 검을 들어 막았다. 용안의 힘으로 충분히 회피할 수 있었으나, 회피는 상대방의 흐름을 끊지 못해 이리저리 끌려다닐 가능성이 농후했다. 합격을 가장 빠르게 격퇴하는 방법은 바로 흐름을 끊어 예상외의 상황을 만드는 것이다.

채— 앵!

피월려는 떨리는 손목으로 그 검에 담긴 내력을 느꼈다. 그가 아무리 내력을 가지고 있다 하나, 아직 검공을 익히지는 못한 상태다. 그는 검에 내력을 주입하는 법을 알지 못했고, 이는 속이 빈 검과 속이 꽉 찬 검이 부딪치는 것과 진배없었다.

원래대로라면 피월려의 검이 산산조각이 나야 정상이다. 그러나 무형검을 익힌 피월려는 검에 받은 충격을 몸으로 흘려낼 수 있었고, 그것을 몸 안에서 마기의 힘으로 짓눌러 버렸다.

누가 보더라도 혀를 내두를 정도로 무식하기 짝이 없는 방법이다. 그러나 그만큼 효과가 대단했다. 피월려의 검은 그 속도가 전혀 줄지 않고, 천이라 외친 관병의 목을 향해 거침없이 날아갔으니까.

까— 앙!

그때, 지를 외친 관병의 검이 피월려의 검을 아래서부터 위로 쳐냈다. 그 검 역시도 대단한 내력을 속에 품고 있어, 아무런 무리 없이 피월려의 검을 상대했다.

천을 외친 관병은 뒤로 빠졌고, 이제는 지를 외친 관병이 보법을 밟아 앞쪽으로 튀어나왔다.

그의 검은 또다시 피월려의 정면을 찔러 들어왔다.

피월려는 얼굴을 찌푸리며 다시 검을 휘둘렀다.

채— 앵.

충격을 마기로 짓누른 피월려는 다시 지를 외친 관병을 공격했다. 그러나 이번엔 인을 외친 관병이 그의 검을 방어했다.

그리고 또다시 오는 정면 공격.

피월려는 상황을 이해했다.

느린 정면 공격은 가장 뻔한 공격이나 동시에 가장 안전한 공격이다. 피월려가 용안을 이용해 역공하는 것은 상대방의 공격하는 동작에서 허점을 찾아내는 것으로 시작하는데, 정면 공격에 허점이 있을 리가 없다.

게다가 그들은 세 명이 함께 공격하는 법이 없었다. 한 번

씩 돌아가면서 자신이 담을 수 있는 가장 최고의 내력을 충분한 시간 동안 검에 담아 내지른다. 이로써 피월려의 검을 완벽하게 방어하는 것이다.

물론, 이런 방법으로는 절대 상대방을 이길 수 없다. 그러나 그들이 바라는 것은 이기는 것이 아니다. 관병들은 사람들이 모일 때까지 버티면 그만이다. 관병들이 극도로 방어적인 것은 이 상황에 가장 알맞은 생각이다.

실제로, 좌추가 담긴 자루에 맞아 쓰러졌던 네 번째 관병이 그들의 합공에 합류하여 모든 이의 부담을 덜어주었고, 가장 나이가 많던 늙은 관병은 다른 이들을 부르려고 모습을 감췄다.

시간이 지나면 지날수록 불리해지는 것은 피월려다.

피월려는 끊임없이 공격하며 이 상황을 타개할 방법을 생각했다. 만약 관병이 조금이라도 더 공격적으로 나온다면 용안은 그 허점을 반드시 찾아낼 것이다. 그리고 그것이 가능하다면 그 순간에 만들어지는 합격의 빈틈을 이용해서 하나하나 모두 도륙할 수 있을 것이다.

하지만 이대로라면 이 관병들은 절대 수비적인 검세를 바꾸지 않을 것이다.

'젠장.'

피월려는 검기를 배우지 못한 것을 설마 후회하게 될 줄 몰랐다. 검에 내력조차 담아내지 못하니, 검으로 관병이 입은 탄탄한 군복을 뚫을 수도 없었다.

상대를 완전히 압도하는 힘! 그것이 모자라다.

쾌(快)와 환(幻)을 극도로 경계하는 사람에게 답은 당연히 중(重)이다. 그냥 힘으로 찍어 누르면 되는 것이다. 피월려는 마공을 통해서 그런 힘을 가지고 있다. 하지만, 도구가 없다.

피월려는 중을 은연중에 무시해 왔다. 그도 그럴 것이, 용안심공이 바로 중과 극상성이기 때문이다. 그런데 피월려는 그것이 오히려 자신의 발목을 잡게 될 줄은 몰랐다.

피월려는 일류 수준의 사귀를 상대로 손쉽게 승리했었다.

그러나 지금은 일류고수조차도 안 되는 네 명을 상대로 고전하고 있다.

자신보다 강한 상대를 이길 수 있었다면 자신보다 약한 상대에게 질 수도 있는 법이다.

그것은 무림의 절대 진리다.

이상하게도 비웃는 듯한 소오진의 표정이 머릿속에 그려졌다.

"치잇."

후회는 나중이다.

중으로 찍어 누를 수 없다면 다른 방법을 마련해야 한다.

피월려는 네 명의 관병 중 가장 나이가 적은 사람을 골랐다. 대충 훑어보았을 때, 처음에 지를 외친 자가 가장 어려 보였다. 피월려는 그때부터 그 관병이 방어할 때마다 손목에서 힘을 조금씩 뺐다. 조금씩 그 관병만이 느낄 수 있는 미세한 수준으로 속도도 조금씩 낮췄다.

그렇게 네 번 정도의 주기가 흘렀을까? 그 관병의 검에 담긴 힘이 조금씩 과도해지기 시작했다. 억지로 더 큰 중을 담으려고 하니, 조금씩 그 검로가 흔들리는 것이다.

피월려는 마음속으로 쾌재를 불렀지만 내색하지 않고, 그 장단에 맞춰주었다.

역시 어릴수록 호승심이 크다.

그렇게 피월려가 파놓은 함정은 여덟 번째 주기 때에 절정에 올라섰다. 그 어린 관병이 입을 열어 소리친 것이다. 그의 눈빛에는 확신에 찬 자신감이 가득 서려 있었다.

"타핫! 죽어라!"

내력을 가득 머금은 그 검은 더 이상 정면 공격이라 하기 어려울 정도로 많은 빈틈을 보였다. 과도한 힘을 내뿜느라 안전성이 많이 떨어진 것이다. 그의 검은 방어를 위한 검이 아니라 공격을 위한 검이었다.

피월려의 마음속에서 용안이 꿈틀거렸고, 마기는 폭발했다.

그는 머리카락 한 올 차이로 그 검을 피하면서 왼손을 뻗어 그 관병의 기도를 틀어줬었다.

으드득!

마기가 뒷받침된 악력은 그 관병을 한순간에 저세상으로 인도했다. 예상치 못한 일은 순식간에 일어났고, 다른 관병들은 공포를 느꼈다. 세밀하기 짝이 없는 합공에 생겨난 균열은 순식간에 그 전체를 무너뜨렸다.

허점! 허점! 허점!

시선을 돌릴 때마다 눈에 들어오는 건 모두 허점뿐이다. 조금도 보이지 않았던 허점들이 갑자기 왜 이리도 잘 보이는지 기가 막힌다. 진작 느끼지 못한 것에 대해서 화가 날 지경이다.

관병들은 눈을 한 번 깜박일 때마다 피를 뿜으며 죽어나가는 동료를 목격해야 했다.

"어, 으아……."

피슛!

"사, 살려……."

피슈슛!

관병들은 제대로 된 비명조차 내지 못하고 모두 절명했다.

피월려는 피 묻은 검을 털어내면서 머리를 한 번 쓸었다. 옆을 보니 좌추가 자루를 두 손으로 움켜쥐고 두려움이 가득한 눈동자로 피월려를 바라보고 있었다. 좌추는 뭐라 말을 하려고 했으나, 혀가 굳어 말을 할 수 없었다.

피월려는 그런 그를 업어 다시 고정하면서 말했다.

"이왕 이렇게 된 거, 그냥 그러려니 하시오."

"……."

"이제 기분이 좀 상쾌한 듯하오. 그냥 다 죽여 버리면 되는 건데… 역시 검은 휘둘러야 제 맛이오. 그렇지 않소?"

"……."

"왜 말이 없소?"

"아무것도 아니다."

좌추는 피월려의 말이 사실인 것을 누구보다도 잘 알았다. 긴장했을 때에 느껴졌던 그 작은 진동이 지금은 전혀 느껴지질 않았기 때문이다.

그때였다.

"이쪽이다!"

"이쪽으로 갔다!"

피월려는 사방에서 들리는 외침 소리에 걸음을 옮기기 시작했다. 막상 난전이 시작되고 나니, 그의 발걸음에는 거침이 없었다.

그는 한쪽에서 달려오는 두 명의 관병을 보고 검을 뽑았다. 그들은 곧 삽시간에 피월려에게 검을 출수했다.

"죽어랏!"

낮게 종으로 베어오는 검은 어두운 공간에서도 푸르스름하게 빛을 내는 것이, 내력이 담겨 있는 것이 틀림없었다. 하지만, 검술에 검법을 담고 검법에 검공을 담는 법이다. 내력을 운용하여 검공을 펼칠 줄 알아도 그 기본적인 검술이 날카롭지 않다면 아무짝에도 쓸모없는 쓰레기만도 못하다.

피월려는 눈으로 확인하지도 않고 몸을 띄워 그 검을 넘었다. 그리고 왼쪽 무릎을 살짝 굽히고, 그 관병의 얼굴에 검을 박아 넣었다.

"커억!"

코로 핏물을 내뿜는 그 관병의 상체를 한 번 더 밟은 피월려는 그 뒤에서 경악한 얼굴을 짓는 상대에게 검을 내리꽂았다. 상대는 눈을 부릅뜨며 검을 들어서 피월려의 검을 막았다.

채— 앵!

검끼리 부딪치는 순간, 피월려는 오른손의 아귀에서 힘을 빼며 자연스럽게 검을 놓쳤다. 반동에 의해서 공중에 뜨게 된 검을 피월려가 왼손을 후려치듯 잡으면서 다시 아래로 향했다.

채—앵!

다시 검은 떴고, 피월려는 오른손으로 낚아채 상대의 정수리를 노렸다. 손을 번갈아 가며 내려치는 그 속도는 보통보다 두 배나 빨라 적은 미처 따라가지 못했다. 어떠한 변수도 피월려의 무식한 검술에 의해서 완전히 봉쇄될 수밖에 없었다.

관병은 그의 세 번째 검을 미처 막지 못했다.

카― 앙!

두개골에 박혀 들어간 피월려의 검이 이상한 소리를 내었다. 뼈 중의 뼈인 두개골을 일반 철검으로 완전히 베어낼 수는 없지만, 피월려의 놀라운 힘 덕분에 그의 검은 두개골 안쪽으로 한 치 정도까지 파고들었다. 그 충격은 뇌 속에 존재하는 모든 모세혈관을 터뜨렸고, 그 남자는 절명을 면할 수 없었다.

그때, 뒤에서 땅을 디디는 소리가 피월려의 귀에 들려왔다. 두어 번에 걸친 그 소리는 발끝으로 땅을 짚고 발꿈치를 옆쪽으로 돌릴 때 나는 소리이다. 새로 나타난 적은 검을 종으로 베어내려는 것이다.

피월려는 손목을 돌려 역수로 자신의 검을 잡음과 동시에 고개를 숙이면서 오른쪽으로 빙그르르 돌았다.

쉬익!

피월려의 머리와 관병의 검이 아래위로 교차하며 지나갔다. 피월려의 몸은 반 바퀴에서 멈추지 않고 계속해서 돌았고, 관병은 그 점을 눈치채고는 검을 바꿔 잡아 다시금 대각선으로 내려치려 했다.

"커어억!"

관병은 화끈한 느낌에 자기도 모르게 고개를 아래로 내렸다. 붉고 흰 그의 창자가 배에서 흘러내리고 있었다. 역수로 잡은 피월려의 검이 그의 몸을 따라 뒤늦게 도착한 것이다.

그리고 이제 막 한 바퀴를 모두 돈 피월려는 검끝을 위로 치켜세우며 그대로 눌렀다. 피월려의 옆구리에서 뒤쪽으로 솟아난 듯한 그 검은, 뒤에서 따라오던 다른 관병의 턱을 뚫고 목을 통과했다.

털썩. 털썩.

피월려는 검을 뽑아 옷으로 피를 닦으며 다시 뛰었다. 뒤쪽에서 들리는 발걸음 소리가 점점 커졌기 때문이다. 만약 따라 잡힌다면 길도 찾기 어려운 이곳에서 생을 마감하게 될 가능성이 컸다.

진파진의 그 거만함만큼은 절대로 닮아서는 안 된다.

피월려는 전력을 기울여 주위를 살피면서 조금이라도 살기가 느껴지는 곳을 모조리 확인했다.

앞 오른쪽, 하나.

그 뒤 왼쪽, 둘.

피월려는 속력을 줄이지 않고 검을 뽑은 상태로 돌진했다.

"크악!"

"컥!"

"커억!"

세 명의 관병은 서로의 비명을 들은 것을 마지막으로 이 세상을 떠났다. 피월려는 최대한 체력을 아끼려고 가장 기본적이고 단조로운 검술로 일격일살을 노렸다. 그러나 관병들이 검에 내력을 담는다면 얼마든지 피월려의 검로를 방해할 수 있으므로, 상대방에게 조금이라도 내공을 운용할 시간을 주지 않는 것이 관건이었다. 그는 그렇게 열 명이 넘어가는 생명을 꺼버리고 나서야 소각장에 도착할 수 있었다.

　시체들이 풍기는 그 특유의 냄새와 고기 타는 냄새가 공기 중에 은은하게 퍼져 이곳이 소각장이라는 것은 아무리 바보라도 눈치챌 수 있을 정도였다. 피월려가 좀 더 안으로 들어가 보니 사방이 온통 피와 재, 석탄으로 얼룩져 있었다.

　피월려는 등에 매달리며 한껏 고생한 좌추에게 말했다.

　"소각장인 것 같소. 이젠 어떻게 하오?"

　"일단 내려줘 봐라. 삭신이 안 쑤시는 곳이 없다."

　피월려는 평평한 바위를 하나 찾아, 그곳에 그를 내려놓았다. 좌추는 앙상한 팔다리를 움직이며 고통스러운 표정을 지었는데, 그가 관절을 한 번 움직일 때마다 삐걱거리는 괴상한 소리가 났다.

　피월려는 귀에 손을 대 동굴의 소리를 찾았다. 그를 찾는 관병의 소리가 점차 커지고 있었다.

　"조금 있으면 관병이 몰려올 것이오."

"나도 알아. 가만있어 보자⋯ 내 시력이 나빠서 잘 안 보이는데, 여기 주변에 유별나게 축축한 곳이 있지 않나, 한번 찾아봐."

"축축한 곳은 왜 찾소?"

"탈출하고 싶으면 일단 내 말대로 해."

피월려는 의문이 들었지만, 일단 속으로 삼키고는 코를 킁킁거리며 습기가 많은 곳을 찾아 서서히 움직였다. 벽면과 바닥에 손을 대보면서 좀 더 정확한 위치로 걸어간 그는 천장에서부터 새어 나오는 물이 벽을 타고 비 오듯 흘러내리는 곳을 발견했다.

"여기 있소. 여기 위에서 물이 흘러나오고 있소."

"좋다. 바로 거기야. 그 주변에 혹시 나무 기둥이 있지 않나?"

피월려는 어두운 그곳을 더듬거리며 확인했고, 물을 가득 머금은 굵은 나무 기둥 여러 개를 발견할 수 있었다.

"있소."

"좋다. 다 무너뜨려라."

"어느 것을 말이오?"

피월려는 무슨 진법이겠거니 하고 물은 것이지만 돌아온 좌추의 답은 매우 간단했다.

"전부 다 부숴 버려."

"……"

"왜?"

"무슨 꿍꿍이요? 이건 누가 봐도 강물을 막는 기둥인데."

"그러니 부숴 버리라는 거야. 흙이 무너져 내리면 그곳에 강으로 통하는 길이 열릴 것이다."

"아래로 직접 쏟아지는 강물을 역류하는 건 연어도 불가능하오. 폭포보다 더 심한 수직이 아니오? 어떻게 여기를 위로 통과할 수 있다는 말이오?"

"그거야, 여기에 강물이 가득 찰 때까지 기다리면 되는 거지."

피월려는 점점 아파져 오는 관자놀이를 손가락으로 문지르며 한숨을 쉬었다.

"정말 그 방법뿐이오?"

"입구로 나가는 건 자살행위이고 애초에 어디 있는지도 몰라."

피월려는 결국 큰 소리를 내지 않을 수 없었다.

"하지만, 이 감옥에 언제 물이 가득 찰 줄 알고 기다린단 말이오!"

"여기가 상대적으로 지반이 낮은 곳이니 생각보다 물이 차는 속도가 빠를 것이다."

"아… 이제야 소각장에만 오면 발각되든 발각되지 않든 상관없다는 말이 이해가 가는군. 뾰족한 수가 있기 때문에 그런 것이 아니라, 어차피 차오르는 물 때문에 발각되니까 그런 말을 한 것 아니오?"

"내가 언제 뾰족한 수가 있다고 했느냐?"

"하아……."

피월려는 마음속 깊이 한탄했으나, 사실 이것은 어느 정도 예견된 일이다. 좌추는 힘도 없는 늙은 노인에다가 발도 없는 죄인이다. 어떤 탈출 계획의 성공 가능성이 일 할보다 적다고 해도 그는 얼마든지 할 것이다. 어차피 이곳에서 썩어질 운명이니 말이다.

피월려는 나지막하게 중얼거렸다.

"그냥 혼자 탈출할 걸 그랬소. 그건 이 할이라도 되지. 이건 뭐… 이 푼은 되려나?"

"이 푼보다는 높다 생각한다. 적어도 오 푼은 되겠지."

"지금 그걸 말이라고 하시오?"

좌추는 걸걸한 목소리로 킬킬거렸다.

그때 먼 곳에서 메아리가 쳤다.

"이쪽이다! 소각장으로 갔다!"

"모두 소각장으로 집결해라! 탈옥범은 이제 독 안에 든 쥐 꼴이다!"

이젠 소리가 들리다 못해 그 말까지 뚜렷하게 들렸다.

피월려는 속에서 끓어오르는 분노를 그대로 마기로 담아내어서 다리에 집중했다.

"흐아악! 흐악! 아악!"

그는 미친 사람처럼 괴성을 지르며 나무 기둥 하나하나를 발길질로 박살 냈다. 옆에서 보던 좌추가 슬슬 피월려의 상태를 걱정하기 시작할 때쯤, 갑자기 천장이 쩍 갈라지더니 황색의 흙탕물이 콸콸 쏟아졌다.

"으악!"

갑작스러운 물 폭탄을 맞은 피월려는 바닥에 내동댕이쳐졌고, 연신 팔다리를 휘저으며 안간힘을 썼다. 그는 엎드린 상태로 물의 흐름에 의해서 미끄러져 내렸고, 좌추가 앉아 있던 그 돌 아래에 만신창이 꼴로 멈춰 서게 되었다.

물에 쫄딱 젖고 진흙이 덕지덕지 묻은 피월려를 보며 좌추는 웃지 않고자 안간힘을 썼다. 피월려가 더 화가 난다면 최악에는 자기를 놓고 갈 수도 있었기 때문이다. 그러나 그의 오랜 연륜으로도 자꾸만 실룩거리는 입꼬리를 막기가 참으로 어려웠다.

그는 손으로 애써 입을 가리며 아무렇지도 않은 듯 툭 하니 내뱉었다.

"어서 일어나라, 관병들이 모여든다. 물이 찰 때까지는 막아 내야 해."

"젠장할. 젠장할. 젠장할."

피월려는 신경질적으로 땅을 내려치면서 자리에서 일어났다. 안 그래도 미끄러운 땅에 빠르게 흘러내리는 물 때문에 온전히 서 있기도 어려웠고, 공중에 튕겨대는 물방울 때문에 제대로 눈을 떠 시야를 확보하기도 어려웠다.

그러나 이런 악조건은 관병에게도 똑같이 적용되는 것이었다.

"어엇! 물이다! 둑이 터졌다!"

"소각장에 둑이 터졌다!"

막 소각장에 도착한 관병들은 피월려는 눈에 들어오지도 않는지, 피월려가 만들어놓은 장관에 대한 감상평만 늘어놓았다.

피월려는 검을 뽑아 들고 그들을 경계했고, 그들도 곧 피월려의 존재를 의식하고 검을 뽑아 그를 향했다.

그러나 그들은 끊임없이 쏟아지는 물을 흘겨보았다.

"······."

"······."

물 떨어지는 소리만 나는 와중에 그들은 서로의 눈빛을 교환할 뿐, 몸도 혀도 검도 제자리를 고수하고 있었다. 피월려도 관병들도 이런 상황에서 괜한 칼부림으로 생명을 내걸기 싫었기 때문이다.

그렇게 반다경이 흘렀을까? 아둥바둥 서 있던 관병들 사이로 보통 남자의 두 배나 되는 체격을 가진 한 남자가 나타났다. 보통 관병들이 쓰는 검이 아닌 널찍한 대도를 등에 차고, 걸을 때마다 땅이 움푹 팰 것 같은 육중한 몸을 가진 그는 얼굴의 상처와 사나운 안광까지 있어, 그냥 보는 것만으로도 두려움이 들 정도였다.

입은 갑옷의 색감이며 광택이 다른 것이, 장군의 위치쯤에는 있는 것이 분명했다. 그는 물소리까지 덮어버리는 호탕한 목소리로 주위의 관병에게 불호령을 내렸다.

"지금 뭐 하는 것이냐! 죄인이 앞에 있음에도 어찌 가만히 보고만 있는 것이야!"

그의 말은 목소리에 내력을 담는 사자후(獅子吼)라 해도 믿을 수 있을 정도로 쩌렁쩌렁했다. 게다가 소리가 울리는 동공이라 그런지, 사방이 진동할 정도로 그 여파가 거대했다.

피월려는 고막이 아프다 못해 균형을 놓칠 뻔했다. 그는 검을 들고 사내를 보며 최대한 큰 소리로 맞대응했다.

"소리 한번 우렁차군. 네놈은 뭐지?"

그 남자는 가소롭다는 듯이 피월려를 보았다.

"흥! 한낱 죄수 따위가 감히 내게 질문을 하다니! 오냐! 네놈의 사지를 뒤틀고 저승으로 보내줄 본좌의 이름은 철광보라 한다! 요즘 낙양성에 기어들어 오는 하루살이 같은 어리석

은 무림인들에게 지엄한 황제 폐하의 가르침을 내리시는 분이
지!"

철광보라 자신을 소개한 남자의 몸에서 놀라운 기세가 뿜
어져 감옥의 기류 전체를 울렁였다. 그것은 무공을 익히지 않
고선 절대로 불가능했다.

피월려는 철광보와 관병들을 천천히 살펴보았다.

관과 무림은 서로 상종하지 않는다. 그러나 개인의 힘을 극
대화할 수 있는 무공을 관에서 배우지 말라는 법은 없었다.
장군가로 유명한 여러 무가에서는 관에 충성을 바치면서도 무
림인처럼 무공을 익혔는데, 관에서 지원을 받기에 따로 수입원
이 필요 없는 데다가, 그 숫자가 많지는 않아 무림에서도 이렇
다 할 간섭을 하지 않았다.

그들은 낙양과 같은 대도시에서 무림인을 통제하기 위해 태
수를 돕는 역할을 자처했다. 말하자면 피치 못할 상황에 무림
인과 대치할 수 있는 관의 고급 인력으로서 무림인이 얽히는
특수한 상황에만 투입되는 것이다.

황룡환세검법에 관한 소문이 중원에 퍼지면서, 낙양에 무림
인이 점점 많아졌다. 좌추의 말에 의하면 감옥의 관리까지도
어려워진 관은 간수를 점차 내력을 가진 자로 교체하였다고
한다. 그렇다는 것은 지금 눈앞에 있는 철광보도 무림인과 다
를 것 없는 고수라는 것이다.

피월려는 검기도 내뿜지 못하는 일개 간수 네 명이 절정고수에 근접한 그를 상대하며 오랜 시간을 끌었던 것을 기억했다. 갑옷을 입고 합격과 방어에 능한 것이 무림인이라기보다 군의 것과 같았다.

　피월려는 현 낙양에 가장 큰 영향을 미치는 다섯 세력 중 한 곳을 떠올렸다. 표면적으로는 조용하지만 누구도 무시할 수 없는 관의 무림 세력, 바로 백운회(白雲會)다.

　피월려가 물었다.

　"백운회인가?"

　철광보는 고개를 끄덕였다.

　"눈썰미가 좋군. 그렇다! 황제 폐하께서 본좌에게 성은을 베푸시어 낙양지부를 감독하는 백운장군으로 임명하셨느니라. 네놈같이 오만하고 관 알기를 우습게 아는 발칙한 무림인을 잡으라고 귀한 무공까지 선사하시는 은혜를 베푸셨지. 내 그 은혜에 보답하기 위해서라도 오늘 네놈을 꼭 쳐 죽일 것이다."

　피월려는 낭인으로 있을 때, 참으로 많은 일을 관과 엮이며 살았다. 때로는 살인을 서슴없이 하는 무림인의 특성상 관과 엮이지 않을 수 없는데, 낭인과 같이 세력이 없는 떠돌이 신세라면 항상 전낭을 열어 뇌물을 주고 귀찮은 상황을 모면해야 했다.

그들 중에는 앞뒤가 꽉 막혀서 돈이 통하지 않는 놈들이 있었는데, 그런 놈들은 관에서도 골치가 아파 슬쩍 죽여 버려도 별다른 말을 하지 않았다. 물론 뇌물의 양은 배로 늘어나게 되지만 말이다.

그러나 아주 가끔, 생존율이 지극히 낮은 그런 자 중 높은 직위에 올라가게 되는 경우가 발생한다. 그들이 통솔하는 부대는 뇌물을 받지 않고, 이때는 낭인으로서 목숨을 걸 만큼 위험한 상황에 직면하는 경우가 생긴다.

딱 저 철광보가 그러했고, 딱 지금 상황이 그러했다.

피월려는 황제 폐하라는 놈이 어떤 놈인지 부럽기 그지없다. 아무것도 안 했는데 그를 위해 생명을 내거는 인간들이 이리도 많다니 말이다.

피월려는 혹시나 해서 일단 말을 걸어보았다.

"지금 이대로 가다간 모두 수장될 수 있소."

"내 생명은 이미 황제 폐하에게 바치기로 천지신명께 맹세했느니라. 죽음이 두려워서 죄인을 보고도 죽이지 않는다면 나는 지옥에 떨어질 것이다."

"그것참……."

피월려는 철광보의 눈에 깃든 충성심… 아니, 광기를 엿보고는 이런 물난리 속에서도 기어코 자기를 죽이려고 할 게 분명하다는 것을 깨달았다. 철광보의 머릿속에 박힌 뚝심은 혹시 물에 휩쓸려 가지 않을까 걱정하며 흘끗흘끗 눈치만 보던 관병들과는 비교도 할 수 없이 단단했다.

적당히 넘어가면 자기도 살고 나도 사는데 왜 굳이 둘 다 죽음을 무릅써야 하는 선택을 하는 것인지, 충성심의 한 획조차 배운 적이 없는 피월려로서는 철광보 같은 자를 절대로 이해할 수 없었다.

그는 철검을 추켜세우며 무인의 기세를 내뿜었다. 그러나 젖은 머릿결 때문인지 덕지덕지 묻은 진흙 때문인지 애처롭게 보일 뿐이었다.

소각장이 지반이 낮은 곳이라는 말은 사실이긴 사실인지, 피월려가 서 있던 곳은 벌써 물이 발목까지 차오르고 있어 검을 다루기는커녕 함부로 걸음을 옮기기도 어려웠다. 그는 그가 가장 취약한 중(重)이 가장 효과적으로 작용하는 상황에 놓여 버린 것이다.

게다가 합공과 방어에 능한 다수를 공격해야 한다. 물이 먼저 차오르는 쪽은 피월려이니 선수를 쳐야 하는데, 입구에 가득 모여 있는 관병들이 수비적으로만 나와도 피월려는 지극히 불리했다. 귀신과 같은 보법이 있는 것도 아니고 검기를 뿜어낼 수 있는 검공이 있는 것도 아닌 피월려는 절체절명의 위기에 놓인 것과 같았다.

초조함이 느껴지는 피월려의 표정을 본 철광보는 득의양양하게 외쳤다.

"뭣들 하느냐! 어서 죄인을 포박하지 않고!"

동공을 울리는 명령이 떨어졌으나, 그 어떠한 관병도 선뜻 피월려에게 다가가지 않았다. 천장이 금방이라도 무너져 내릴 것 같은데 갑옷을 입은 채로 물에 빠지면 죽음을 면하기 어렵기 때문이다. 관병은 서로 눈치만 보았지 자기의 자리를 고수했다.

아쉽게도 철광보의 충성심은 그만의 것이었다. 그는 자신의 명령이 무시당한 것같이 느껴져 얼굴이 붉으락푸르락해졌다. 긴박한 상황인 만큼 명령 체계가 더욱 확고해야 함을 느낀 그는 극약 처방을 내렸다.

"네 이놈들! 불복은 직결 처형임을 모르느냐? 지엄한 군법으로 다스리기 전에 어서 저놈을 죽이지 못할까!"

손을 뻗고 고래고래 고함치는 그의 모습에 군병들은 기가 찰 수밖에 없었다. 무식한 힘 말고 장군의 자질은 눈을 씻고 봐도 없는 철광보는 다혈질인 특유의 성격 때문에 진심으로 따르는 자가 하나도 없는데, 누가 그의 명령을 듣고 나선단 말인가?

지금같이 위험한 상황일수록 지도자는 먼저 솔선수범을 보여 사람의 마음을 자극해 감동을 이끌어내는 것이 가장 이상적인 방법이다. 격한 화를 내며 안전이 보장된 제자리를 고수하고 명령만 내리며 권리를 따지는 것은 최악 중의 최악의 방법으로 결국에는 공포에 의한 지배를 가져오게 된다.

철광보는 결국 도를 꺼내 들어 자기 옆에 있는 관병의 목 언저리에 가져다 놓았다.

"네놈들이 아직 한 발자국도 움직이지 않았구나! 내 친히 본보기를 보여주마!"

철광보는 도를 높게 들어 그 관병을 내려치려 했다. 관병은 눈을 질근 감고는 자기의 운을 한탄하며 죽음을 기다렸다.

그런데 아무리 기다려도 죽음은 오지 않았다. 결국 슬며시 눈을 뜬 그는 막 바닥을 향해 떨어지는 철광보의 머리를 볼 수 있게 되었다.

"흐이익!"

철광보의 머리는 몸에서 떨어졌음에도 그 도깨비 같은 표정을 유지하고 있었다. 관병은 자기도 모르게 뒤쪽을 바라보게 되었고, 그곳에는 철광보의 머리를 일도양단한 한 관병이 있었다.

"유, 유 부대장님……."

유 부대장이라 불린 그 사내는 철광보의 몸을 발로 차서 쓰러뜨렸다. 그는 검을 검집에 집어넣고 주위를 둘러보며 큰 소리로 명령했다.

"이곳은 곧 무너질 것이다. 각 소대장은 발이 빠른 놈을 뽑아 특급으로 분류된 죄인들의 신병을 인도하라 명하고, 가장 뒤에 남아서 이놈이 따라 올라오는 것에 대해 철저히 방비해라. 그리고 나머지는 모두 밖으로 대피하라. 일급 아래 죄인들은 모두 버린다. 당장 실시하라."

철광보의 죽음을 직접 본 관병들은 눈앞에 일어난 상황을 믿을 수 없으면서도 밖으로 대피하라는 그 명령은 지키지 않을 이유가 없었다.

그들은 하나같이 대답했다.

"존명!"

뒤에서부터 관병들은 차례대로 하나둘씩 빠져나가기 시작했고 소대장들은 각 사람의 이름을 부르며 그들이 맡을 특급 죄인의 명단을 읊어주었다.

모든 관병이 바삐 움직이는 와중에도 철광보를 죽인 유 부대장은 피월려를 날카롭게 노려보며 미동조차 하지 않았다.

네놈이 움직이면 언제라도 검을 출수하겠다.

그 눈빛은 그런 뜻을 담고 있었다.

피월려 역시 말없이 그를 노려보기만 했다.

계속 차오른 물이 피월려의 무릎까지 올라왔을 쯤에, 소각장의 거의 모든 관병이 빠져나갔다. 소대장으로 보이는 관병 중 하나가 유 부대장의 어깨를 툭 치며 말했다.

"부대장님, 다 나갔습니다. 피하셔야 합니다."

그는 고개를 살짝 끄덕이고는 소대장들의 보호를 받으며 서서히 뒷걸음질 쳤다. 그러면서 물었다.

"이름이 뭐냐?"

피월려는 나지막하게 답했다.

"왕일."

"지어내려면 좀 더 그럴싸한 것으로 지어내라."

"그러는 네 이름은 뭐지?"

"유한이다. 기억해라. 기필코 형제들의 핏값을 받아낼 테니까."

피월려는 물에 둥둥 떠오른 철광보의 머리를 가리키며 말했다.

"혹시 몰라서 하는 말이지만, 저놈은 내가 죽인 게 아니니 그만큼은 덜어줬으면 좋겠군."

"그 또한 네놈 때문에 비롯된 일이니 그의 핏값 또한 치를 것이다."

"하하하. 진심으로 그렇게 생각해?"

"……."

유한은 이렇다 할 대답을 하지 않고 소대장들이 모두 빠져나가기를 기다렸다가, 마지막으로 그 좁아지는 입구 쪽에 섰다. 그리고 검을 두어 번 크게 휘둘러 피월려에게 검기를 뿌렸다.

눈으로 뻔히 보았고 그리 고강한 수준도 아닌지라 피월려는 쉽게 피해낼 수 있었다. 그러나 유한의 목적도 그를 살상하려는 것은 아니었다.

쾅! 쾅! 쾅!

피월려가 검기를 피해내는 사이, 유한은 내력이 잔뜩 실린 검으로 연거푸 옆의 나무 기둥을 내려쳤다. 폭발하는 듯한 소리와 함께 나무 기둥은 부러졌고, 위에서부터 진흙이 무너져 내리며 그의 모습을 서서히 감췄다.

그렇게 유한의 모습은 흙벽 뒤로 사라졌다.

"유한이라… 좋은 이름이군."

자기 상관의 목을 베어내며 신속하게 명령을 내리던 그 모습은 피월려의 뇌리에 깊게 박혔다. 그러나 지금은 상념에 빠질 시간이 아니다. 그는 주위를 둘러보며 좌추를 찾았다.

"나를 찾느냐?"

좌추는 똑같은 곳에 똑같은 자세로 앉아 있었다. 그는 큰 목소리로 말을 했는데, 하도 물소리가 심해 말의 의미를 알아듣기가 어려울 정도였다.

피월려는 좌추에게 다가가며 크게 말했다.

"본 것처럼 관병들이 입구를 무너뜨렸소. 이젠 꼼짝없이 이곳에 갇힌 것이니 노인께서 말한 미친 짓에 동참하게 되었소. 잘 부탁하오."

좌추는 피월려의 여유로운 표정에 고개를 들고 광소했다.

"으하하. 좋다, 좋아."

피월려는 점차 넓어지는 천장의 구멍을 조심스레 보며 손으로 입을 모아 좌추의 귀를 향했다.

"혹여, 물에 관해서 일가견이 있거든 서로 나눕시다. 어찌됐든 둘 다 살아남는 게 좋지 않겠소?"

"나야 지난 세월이 있으니, 당연히 지식이 있다. 하지만 네놈은 뭐가 있느냐? 이 늙은이의 말이나 청종해라."

"뭐, 정 그렇게 말씀하시니 먼저 생각한 바를 얘기하시오. 뭔가 빠진 것이 있다면 내가 추가하겠소."

이제 물은 점점 차올라서 피월려의 허리까지 올라왔고, 좌추가 앉아 있는 바위를 삼켜 그의 발아래 옷가지를 적시기 시작했다. 좌추는 심호흡을 하며 입을 열었다.

"우선 수압부터 생각해 보자. 여긴 지하인 감옥에서도 더 아래쪽에 있는 곳이니, 쌓이는 물의 수압이 지독할 것이야."

"그거야 빠져나갈 수도 없는 바닥 공기를 짓누르면서까지 이곳에 차오르는 것을 보면 알 수 있지 않소? 벌써 공기가 후끈한 것이 호흡하기 어렵지 않소? 수압보다 기압을 먼저 걱정해야 할 것이오."

좌추는 다리를 적시는 차디찬 물 때문에, 선뜻 공기가 뜨겁다는 것을 느끼지 못했다. 그는 천천히 호흡을 했고, 어쩐지 공기가 무거운 것을 눈치챌 수 있었다.

그러나 곧 고개를 저었다.

"확실히 그러하군. 그러나 기압은 점점 풀릴 것이다. 공기는 기체이고 물보다 훨씬 가벼우니 어느 정도 쌓이다 보면 알아서 제 갈 길을 찾아 빠져나가겠지. 공기 자체는 걱정할 필요가 없다."

"확실하오?"

"그래. 우리가 처음 직면하게 될 위험은 수압임이 틀림없다."

피월려는 무심코 양손을 물속에서 흔들며 물이 얼마나 움직임을 방해하는지 시험해 보았다. 흙탕물인 것만 빼면, 시냇물과 차이가 없었다.

"지금 수압은 별로 강하지 않소."

"여기 안에 공기가 있으니 그런 것이다. 물이 차면 찰수록 점점 몸의 압박을 심하게 느낄 것이야. 공기도 점점 부족해질 테니 심리적인 압박을 생각하면, 더욱 심할 것이고."

"……"

"호흡을 멈추는 것이 쉬운 쪽에 속할 정도로 몸에 부담이 많이 될 것이다."

"눈을 뜰 수는 없겠소."

"그렇지. 어차피 흙탕물이라 소용도 없겠지만."

"……."

온몸을 압박하는 심한 수압과 호흡하기에는 턱없이 부족한 공기, 거기에 앞을 확인할 수 없는 그 순간의 정신적 불안감은 실로 말로 표현할 수 없을 것이다.

용안으로 지경이 넓어진 정신력을 기대하는 수밖에 없었다.

피월려는 좌추를 들어서 무너져 내린 입구 쪽으로 걸어갔다. 그곳이 가장 지반이 높은 곳이라 그런지, 물이 그리 깊지 않았기 때문이다. 그는 좌추를 옷으로 등에 고정하고는 이미 축축해진 벽을 손으로 뚫으며 짚어서 최대한 위로 올라섰다.

그곳은 땅에서 삼 척 높이도 되지 않는 곳이었다. 그러나 이곳에 물이 가득 찼다고 가정했을 때, 가장 나중까지도 공기가 모여 있을 곳이었다.

피월려는 흙벽에 양손과 다리를 박고 매달린 채로 주변을 다시 한번 둘러보았다. 이제는 차오르는 물의 속도가 절정에 이르렀는지, 고개를 한 번 돌릴 때마다 물의 깊이가 확연하게 달라져 있었다.

등 뒤에 있는 좌추가 중얼거리듯 말했다.

"수압이야 물속이니 당연하다고 치고, 일단 아래로 쏟아지는 저 물기둥이 언제부터 다시 위로 향하느냐 하는 것이 관건이다."

피월려는 의문을 표했다.

"쏟아지다가 물이 차면, 그저 멈추는 것이 아니요? 왜 뜬금없이 물이 위로 향하게 되오?"

좌추는 주름진 눈으로 사방을 천천히 둘러보면서 자기의 생각을 느릿느릿하게 이야기했다.

"물이 아니다. 공기야. 공기가 점차 빠져나가며 기압이 유지되는 건 확실하지만, 그래도 이곳은 굉장히 밀폐된 곳이라 어느 정도의 공기가 갇히게 될 것이다. 그리고 그것이 한계에 이르면 어느 순간 갑자기 모든 공기가 한데 모여 큰 방울을 이루면서 미끄러지듯 저 구멍으로 빠져나가게 될 것이야. 분명히……."

고심하는 좌추의 표정을 보며 피월려는 의심을 숨기지 않았다.

"그건 불가능하지 않소? 그 빈자리를 물이 메워야 할 텐데, 저 구멍으로 공기가 빠져나간다면 물은 어느 구멍으로 들어오겠소?"

"물은 들어오지 않는다. 그냥 이곳이 안쪽으로 무너지겠지."

"……."

"그것을 간파하여 그 공기 방울을 따라가지 않는다면, 우리는 정말 여기서 죽는 것이다. 생매장 혹은 수장으로."

심각한 그 말에, 피월려는 슬쩍 농을 건넸다.

"듣고 보니, 노인장을 버리고 나 혼자 가는 게 용이하겠소?"

좌추는 비웃음을 얼굴에 그렸다.

"여긴 몸이 가벼운 사람이 유리하다는 것을 모르는구나. 바싹 마른 내 몸은 필시 물보다 가벼울 터, 네놈과 붙어 있으면 피해를 보는 건 오히려 나야."

"하하하. 농이오, 농."

그때 물이 쏟아지던 구멍 쪽이 물에 잠겼다. 피월려가 서 있는 곳은 그의 어깨 높이 정도였는데, 그가 매달려 있는 곳이 지반이 높은지라 공기가 그곳으로 모두 모인 것이다.

전과 같은 굉음은 마법처럼 모두 사라졌다. 피월려는 깊은 한숨을 쉴 수밖에 없었고 적은 공기 안에서 하는 그 한숨은 마치 귀를 막고 말하는 것과 같이 들렸다.

"내 평생 꽤 많은 죽음의 문턱에 가봤지만 이런 식의 것은 처음이오. 확실히 노인의 경험을 따라갈 수는 없는 것 같소."

"나도 이건 처음이다. 그저 유사한 경험을 한 번 해본 것이지."

"오호? 그게 뭐였소?"

"물고문. 우물에 다리만 매달아서 무슨 철을 제련하는 것처럼 담그기와 빼내기를 수백 번 반복했지. 그리고 갇히기까지 했어. 그때, 물에 대해 깨달은 지식이 많다."

"별로 유쾌한 가르침은 아니었겠소?"

"귀중한 것이면 귀중할수록 얻는 것이 어려운 법이지 않겠는가? 으하하."

피월려는 피식하고 실소를 했다. 그러면서도 점점 숨이 막히는 듯하여 불안을 떨쳐내 버릴 수가 없었다.

그러니 자꾸 말이 입 밖으로 나왔다.

"노인은 우리가 정말로 살아나갈 수 있을 것으로 생각하오?"

"말했잖느냐? 오 푼이라고. 너야 공기를 따라 상승하지 못했다 할지라도 내력의 도움을 받아 어느 정도 수압을 견딜 수 있겠지만, 내가 만약 물속에 내팽개쳐지게 되면 즉사를 면할 수 없겠지."

"뭐, 하늘에 맡긴다는 것이오?"

"그래. 결국은 하늘에게 달린 것이… 어어!"

기회는 갑작스럽게 왔다.

피월려와 좌추의 얼굴이 급격하게 굳어졌다. 누군가 몸 전체를 잡고 잡아당기는 듯한 척력을 동시에 느낀 것이다. 그들은 마음속으로 같은 것을 떠올렸다.

지금이다!

좌추가 큰 소리로 외쳤다.

"지금이야, 어서! 공기는 빠르니까 미리 가 있어야 한다."

피월려는 안 그래도 다리를 돌려 벽을 강하게 찼다. 마기를 잔뜩 머금은 힘으로 그는 물을 가르며 그 속을 비집고 들어갔다. 그가 향한 방향은 물기둥이 있었던 곳이었다.

하— 읍!

물이 얼굴을 때리기 전에, 피월려는 깊은숨을 들이마시고는 눈을 감았다. 그리고 무작정 앞으로 나아가려고 헤엄을 쳤는데, 눈을 감아버리니 제대로 가는 건지 아니면 제자리에서 허우적거리는 건지 분간할 수가 없었다. 그래도 하는 수 없이 계속해서 팔다리를 놀렸으나 호흡만 다급해질 뿐, 전혀 달라지는 게 없었다.

설마 이대로 끝나는 것인가?

피월려는 정신이 점차 멀어지는 것을 느꼈다.

지금껏 죽음을 눈앞에 두고 수없이 많이 느꼈던 주마등이 이번에도 여지없이 스쳐 지나갔는데, 이게 물속에서 보니 색다르기도 하고 신선하기까지 했다.

'기가 막히는군.'

피월려는 자신에게 웃음을 지을 수밖에 없었다. 그리고 그 웃음을 짓는 자기를 보며 또다시 웃었다. 그리고 그걸 보며 또 웃고… 피월려의 머릿속에 그의 의식이 하나에서 두 개로, 두 개에서 수십 개, 혹은 수백 개, 수천 개로 늘어났다. 그리고 그의 의식은 그렇게 무한하게 되어, 자기를 의식하지 못하게 되었다.

죽음은 소우주를 무한하게 확장했다. 피월려는 지금까지 느껴보았던 그 어떠한 죽음보다도 더욱 죽음에 가까이 다가갔다.

그런데 그때, 희미하게 의식을 자극하는 목소리가 그의 정신에 울렸다.

"히야! 으아아아아!"

이건 분명히 좌추의 목소리다. 희열이 감돌고 쾌락이 감도는 늙은 노인의 외침.

피월려는 그 즉시 꿈에서 깨어났다.

그리고 미칠 듯한 속도로 상승하는 자기의 몸을 느꼈다.

온몸이 간질거리다 못해 사지가 바들바들 떨린다.

"으아아아아!!!!"

뒤에서 울려대는 좌추의 목소리에 피월려는 고막이 다 아파져 왔다. 그런데 생각해 보니, 지금 그 둘은 물속에 있을진데 어떻게 이렇게 뚜렷한 목소리가 들릴 수 있을까?

피월려는 그들이 거대한 공기 방울 속에서 그 흐름에 밀려 밖으로 나가고 있다는 것을 깨달았다.

그는 생전 이토록 묘한 기분을 느껴본 적이 없었다.

쾌감!

그것으로밖에 설명되지 않는 느낌이다.

그는 고개를 슬며시 들어 위를 보았고, 점차 햇빛에 의해서 사방이 밝아지는 것을 느꼈다.

푸아앙!

어느 평온한 나날, 잔잔하기 그지없는 낙하강에서 자그마한 물기둥이 솟구치며 피월려와 좌추를 그 속에서 토해냈다.

*　　　　　*　　　　　*

"어… 으으……."

대낮에 강가에 누워 신음을 흘리는 시체는 대단히 많은 사람의 궁금증을 자아내었다. 귀족, 장사치, 아낙네, 꼬마, 점소이 등으로 이루어진 군중은 피월려를 자세히 들여다보려고 그의 주위에 작은 원을 만들었다. 그들은 피월려가 머리를 부여잡고 고개를 마구 흔들어대자 저마다 옆 사람에게 재잘대며 귓속말을 했다.

술과 향락이 있는 남쪽에는 이런 일이 비일비재했지만, 존양과 번화가의 중간 사이인 중심지 강가에서 이런 추태를 목격하기는 참으로 어려웠다. 존양에는 지체 높은 귀족들과 적어도 그렇게 행동하고 싶어 하는 부자들이 많아 모든 사람들이 청결을 중요시 여겼기 때문이다. 머리가 헝클어져 있거나 옷에 조금 자국이 남은 것만으로도 서로 견제하며 은근히 비꼬는 것이 일상인 그들에게 피월려처럼 비 맞은 생쥐 꼴인 인간은 충분히 호기심이 들 만한 일이었다.

증거로 피월려가 작은 신음을 내거나 슬쩍 몸을 움직이기만 해도, 무슨 신기한 동물을 보는 듯이 서로 감탄사를 터뜨리며 숙덕거리기 일쑤였다.

피월려는 아랑곳하지 않고 관절을 이리저리 돌리면서 혹시 아픈 곳은 없나 확인했다. 용이 승천하는 듯한 빠른 물살에 쓸려 올라온 만큼, 몸의 관절이나 근육이 타격을 받았을 가능성이 매우 컸기 때문이다.

그런데 기혈은 조금 지친 듯하였으나, 그 외에 딱히 이상한 곳은 없었다. 극양혈마공이 마기로 육체를 보호한 듯싶었다.

피월려는 몸을 일으켰다. 그러자 빙 둘러싼 듯한 그 관중은 모두 두 발자국씩 뒤로 물러나 더 큰 원을 만들었다. 두려움 반 궁금증 반이 담긴 눈빛들이 피월려에게 햇빛만큼이나 강하게 쏟아졌다.

그는 눈을 찌푸리며 주위를 둘러보았다.

"좌추는… 없군."

그만한 물살이었으니 둘이 떨어지는 것이 당연했다. 어차피 제 갈 길을 갈 사람이니 피월려는 이제 그에 대해서 신경을 쓰지 않기로 했다. 삼에 대한 것도 그가 아니면 다른 식으로 알아보면 그만이다.

살았으면 좋은 것이고, 아니면 마는 것이고.

이제 막 잠에서 일어난 것같이 몸이 곤하고 눈이 뻑뻑했던 피월려는 팔을 들어 햇빛과 눈빛 모두를 가리며 걸음을 옮기기 시작했다.

옷이라 하기도 민망한 천 쪼가리를 걸친 그는 날씨가 서서히 쌀쌀해져 가는 낙양에서 유독 돋보일 수밖에 없었다. 한여름에도 어느 정도는 가리고 다니는 것을 미덕으로 아는 낙양의 문화로 보면 피월려는 전라로 벌거벗은 것만큼이나 민망한 모습이었다. 게다가 갈라진 머리카락 끝과 옷자락에서 뚝뚝 물을 떨어뜨리며 반송장처럼 느릿하게 걷는 것 또한, 화려한 마차나 멋들어진 말을 타고 다니는 귀족들과 거부들이 많은 존양에서는 금색 호랑이 무리에 물에 젖은 새끼 고양이를 던져놓은 것과 같이 눈에 띄었다.

수많은 사람의 관심을 한 몸에 받으며, 피월려는 존양에 있는 천마신교 낙양지부의 입구 앞에 섰다. 굳게 닫힌 문에 슬며시 손을 얹자 그 거대한 문은 예상외로 매우 부드럽게 밀려 열렸다.

끼이익.

나무가 비명을 지르며 보여준 그 속은 몇 개의 야명주만이 빛을 내는 어두침침한 천마신교 낙양지부의 복도였다. 피월려는 안으로 들어서면서 주위를 살폈으나, 그곳에는 아무도 없었다.

쿠쿵!

뒤로 문을 닫은 피월려는 자기 방의 주소를 생각하면서 걸음을 옮기기 시작했다. 그런데 앞에서 이쪽으로 걸어오는 발걸음 소리가 점차 커지더니 어둠 속에서 흐릿한 인형의 윤곽이 뚜렷해졌다.

"어? 피 형?"

단정한 차림의 주소군이 피월려의 몰골을 놀란 눈길로 보며 먼저 말을 건넸다. 피월려는 손을 살짝 들어 보였다.

"안녕하시오, 주 형."

주소군은 그의 앞에 걸음을 멈추고 미간을 잔뜩 모았다. 그는 마치 귀한 보석의 진위를 감찰하는 것처럼 고민하는 표정으로 피월려의 몸과 얼굴을 좌우로 왔다 갔다 하며 자세히 살폈다. 졸지에 물품이 된 피월려는 영문을 모르겠다는 표정으로 그에게 물었다.

"왜 그러시오?"

주소군은 대답했으나 마치 혼잣말인 것처럼 중얼거렸다.

"흠, 일단 말을 하는 것을 보면 일반 강시는 아니네요."

피월려는 더욱 미궁 속으로 빠지는 것 같았다.

"그거야… 당연하지 않소?"

그러나 주소군은 전혀 당연하게 생각하지 않는 듯했다. 그는 오랫동안 지긋이 피월려를 살피더니 결국 손바닥을 주먹으로 내려치면서 탁 하고 소리를 내었다.

"역시 살아 있는 게 맞네요."

"……."

"아하, 역시 부부는 일심동체라더니 진 소저의 말이 사실이었어. 덕분에 공돈을 벌게 됐네요."

기쁜 표정을 짓는 주소군을 보며 피월려는 질문하지 않을 수 없었다.

"무슨 소리를 하는 것이오?"

주소군은 고개를 도리도리 저으며 그를 지나쳤다.

"아무것도 아니에요. 전 그럼 약속이 있어서 먼저 갈게요."

통 못 알아듣는 소리만 하더니 갑자기 제 갈 길을 가기 시작한 주소군에게 시선을 주며, 피월려는 그가 참으로 독특한 성정을 지녔다고 생각했다. 나지오 같은 안하무인이면 안하무인일 텐데, 유연하면서도 어딘지 차가운 그런 느낌이 있었다.

그런데 한 가지 물어볼 말이 머릿속에 갑자기 생각이 났다. 피월려는 주소군이 멀어지기 전에 다급하게 말했다.

"아! 그 무공에 관한 것 말인데……."

주소군은 그를 돌아보았다.

"네? 무슨 일이죠?"

"다름이 아니라 오늘 밤이나 내일 아침에 한번 보는 게 어떻소?"

주소군은 오른쪽 볼을 부풀리면서 검지로 슬슬 긁었다.

"글쎄요. 일이 언제 끝날지 몰라서… 제가 연락드릴게요."

"아, 알았소. 살펴가시오."

피월려는 고개를 숙이며 인사했고, 주소군은 돌아섰다.

"네."

"……."

인사를 단답형으로 받을 수 있다는 사실을 새롭게 깨달은 피월려는 다시금 걸음을 옮겨 자신의 방으로 향했다. 그렇게 거의 방문 앞에 도달했을 때쯤, 방 안에선 남자와 여자의 웃음소리가 밖까지 흘러나오고 있었다. 피월려는 누가 있을까 생각하며 방문을 열었다.

"왔소."

인형의 세상 속에는 진설린과 나지오, 그리고 초류아가 있었다. 그런데 초류아와 나지오는 피월려의 모습을 확인하자마자 무언가 크게 낭패한 것처럼 안색이 좋지 않았고, 진설린은 전과 다름없이 그에게 쪼르르 달려왔다.

진설린은 항상 입던 나삼이 아닌 고급 적색 상의와 분홍색의 평평한 바지를 입고 있었다. 그녀는 피월려의 젖은 몸을 둘러보며 걱정스럽다는 듯이 말했다.

"괜찮았어요? 고생했죠?"

피월려는 인자한 미소를 지었다.

"그런 말을 하시는 것을 보면, 내 몰골이 말이 아닌가 보오?"

"얼른 들어가서 씻으세요. 옷은 제가 가져다 드릴게요."

"그러면 부탁하겠소."

피월려는 인형을 하나하나 밟으면서 나지오와 초류아가 앉아 있는 곳을 지나쳤다.

"안녕들 하시오?"

피월려는 통상적인 인사를 건넸지만, 그들의 표정은 시큰둥했다.

"아… 응."

"……."

기분이 매우 좋지 않은 것 같았다. 방금까지만 해도 크게 웃던 그들이 갑자기 자기를 보고 말이 없어진 것에 대해서 피월려는 조금 의문을 품었으나, 나중에 진설린에게 물어나 보자고 생각하며 신경을 껐다.

그는 항시 따뜻한 물로 가득 차 있는 욕조에 몸을 뉘여 긴장을 풀었다. 그는 자기 몸속 깊은 곳에 자리 잡은 마기조차도 안정을 찾을 정도로 나른한 기분이 올라오는 것을 즐기면서 눈을 감았다.

그런데 곧 방실방실거리는 표정을 하며 웃음을 실실 흘리는 진설린이 깨끗한 백삼을 가지고 들어왔다. 자꾸만 히죽히

죽거리는 것이 눈에 밟힌 피월려는 그녀에게 슬며시 물었다.

"혹, 무슨 좋은 일 있소?"

진설린은 고개를 수차례나 끄덕였다.

"헤헤. 덕분에, 돈 좀 벌었거든요. 고마워요."

피월려는 얼굴을 찌푸리며 말했다.

"아까 주소군도 그 말을 하던데 낙양지부에 무슨 일이 있었소?"

진설린은 과장되게 손짓하며 대답했다.

"아주, 큰일이 있었죠. 처음에는 그냥 저하고 류아 언니하고 린지 언니하고만 했는데, 지오 오라버니께서 엿듣고는 재밌겠다고 전 지부로 크게 벌리셨거든요. 그래서 판이 커져서 좀 배당률이 많이 올라갔어요."

"배당률? 무슨 내기를 했소? 뭐에 관한 내기였소?"

낙양지부 전체가 할 만한 내기니 그것이 궁금하지 않을 수 없었다. 진설린은 대답을 하는 대신에 혀를 삐쭉 내밀면서 손가락을 들어 피월려를 가리켰다.

처음에는 이해하지 못했던 그는 양 눈썹을 올리면서 의문을 표했고, 진설린은 배시시 웃으며 손가락을 흔들면서 계속 그를 가리켰다.

"월랑이요! 월랑."

"나? 나 말이오?"

"네에!"

"나에 대해서 무슨 내기 말이오?"

"한번 맞혀봐요."

피월려는 잠시 고민했다. 그런데 턱으로 손을 가져오기도 전에 머리를 스치는 것이 있었다.

"아, 알겠소. 내 생사 여부를 놓고 내기를 한 것이구려."

진설린은 아이처럼 고개를 끄덕였다.

"맞아요! 저는 극음귀마공으로 월랑의 생사 여부를 어렴풋이 느낄 수 있었으니 당연히 살아 있다는 것에 걸었죠. 따놓은 당상이어도 기분이 좋은 건 좋은 거네요."

"하하하, 그렇소?"

피월려는 생각보다 기분이 나쁘지 않았다. 전에 들었던 충고처럼 처음 입교한 자가 한 달 안에 사망하는 것이 비일비재한 이곳에서 바로 1부대에 지정된 피월려의 존재는 돋보일 수밖에 없었고, 그의 생사가 내기거리가 되는 것은 어찌 보면 당연하다 할 수 있었다.

사람에게 있어 죽음은 중대사이나, 무림인에게 있어 죽음은 언제나 옆에 달고 사는 연인과 같다. 살아 있는 생물이기에 죽음에 대한 공포와 슬픔을 완전히 지워 버릴 수는 없어도, 그것을 천하게 대하며 어느 정도 희석시킬 수는 있었다. 그렇게라도 하지 않으면 계속되는 지독한 공포와 슬픔에 휩싸여 온전히 정신을 유지할 수 없기 때문이다. 따라서 무림인은 죽음을 내기거리 정도로 생각하는 것이 다반사였다. 마인들이 모인 천마신교라면 말할 것도 없었다.

이로써 피월려는 주소군이 생(生)에 걸었고, 나지오와 초류아가 사(死)에 걸었다는 것을 깨달았다.

헛웃음을 짓던 피월려는 문득 드는 생각에 진설린에게 물었다.

"주하는 여기 있소? 내가 어떡하다가 옥에 들어갔는지 자초지종을 듣고 싶은데……."

진설린은 예상 밖의 단어에 눈을 동그랗게 떴다.

"어머, 옥이요? 옥에 들어가셨어요?"

"그렇소. 그러나 영문을 모르겠소."

"으응… 처음 월랑이 죽었다고 보고한 사람이 바로 주 소저예요. 아마 새로운 일을 배정받았다고 들었던 것 같은데."

"그렇소? 그러면 아무래도 내 직접 박 대주님을 만나뵙고 보고해야 할 듯하오."

"제가 생각해도 그러시는 게 좋을 것 같아요. 그런데 그전에 저한테 먼저 무슨 일이 있었는지 말하면 안 돼요?"

"물론 말해주겠소. 그런데 밖에 나 선배와 초 대주가 있지 않소?"

"두 분 다 나가셨으니 걱정하지 마세요."

피월려는 고개를 끄덕였고, 진설린은 미소를 지으며 그의 앞에 다가와 앉았다. 그는 그녀의 머리를 쓰다듬으면서 지금까지 있었던 일을 상세하게 설명하기 시작했다.

제십팔장(第十八章)

예상외로 길을 잘 찾은 피월려는 생각보다 빠르게 박소을의 방에 도착할 수 있었다. 컴컴한 방문을 보고는 무의식중에 박소을이 방에 없다고 생각한 피월려는 발길을 돌리려 했다. 잠을 청할 시간도 아닌데 빛 한줄기조차 보이지 않으니 사람이 있을 턱이 없기 때문이다. 그런데 자세히 들으니, 그 안에서 작은 대화 소리가 흘러나왔다.

똑똑.

피월려가 방문을 작게 두드리자, 방 안의 대화가 끊겼다. 그리고 곧 박소을의 목소리가 들렸다.

"누구이오?"

"피월려입니다."

"피월려? 젠장, 들어오시오."

짧지만 분명한 그 불평을 통해서 피월려는 박소을이 사(死)에 돈을 걸었을 것이라 짐작할 수 있었다. 문을 열고 들어가니 실제로 박소을은 뭔가 언짢다는 표정을 지었다.

"살아 있었소?"

당연한 질문이지만 피월려는 대답을 해주었다.

"예."

"뭐, 잘되었소."

그러나 박소을의 표정은 그의 대답과 완전히 달랐다.

박소을은 피월려에게 손짓하며 말했다.

"이대주 옆에 앉으시오."

피월려는 박소을의 손을 따라 시선을 옮겼고, 그곳에는 전신을 온통 흑색으로 물들인 것 같은 한 인형이 다소곳이 앉아 있었다. 희미하게 비치는 몸의 윤곽을 통해서 여인이라는 것을 알 수 있을 뿐이었다.

박소을이 이야기하기 전까지 그녀가 그곳에 있다는 것조차 알지 못했던 피월려는 새삼스레 그녀의 은신술에 대해서 감탄할 수밖에 없었다. 단순히 눈에 보이지 않는 것이 아니라 존재 자체가 방 안의 어둠에 녹아서 하나가 되어버린 듯했다.

피월려는 그녀가 초류선이라는 것을 알 수 있었다.

"안녕하십니까, 초 대주님?"

초류선은 고개를 살짝 끄덕일 뿐, 말을 꺼내지 않았다. 피월려는 그 옆에 앉았고 박소을은 고개를 갸웃하며 질문했다.

"이대주. 내게 피 대원이 죽었다고 하지 않았소?"

"어제 저희 측 대원이 그리 보고했습니다."

같은 대주라 하나, 제일대는 그 위상이 조금 높아서 일대원이 대주급으로 대우를 받는다. 따라서 이대주인 초류선은 일대주인 박소을에게 공손히 말을 높였다.

박소을은 의심스러운 눈초리로 초류선을 보았다.

"그럼 이대주도 사에 걸었겠소?"

"전 내기를 하지 않았습니다."

"그대 말고 다른 이를 말하는 것이오."

초류선은 잠시 말이 없다가 나지막하게 말했다.

"사에 걸었다 합니다."

"그렇소? 그러면 초류아 대주도 피 대원이 살아 있다는 것을 몰랐던 것이오?"

"저희 대원의 보고를 믿은 것이겠죠."

"그 보고가 잘못된 것이군. 아쉽소. 내 이대주를 믿었건만… 일이 이리되었으니 내 손해를 어찌 감당할 것이오?"

"믿고 안 믿고는 자신의 선택이니, 그 책임 또한 스스로 지셔야 하지 않겠습니까?"

"별로 귀에 들어오지 않는구려. 내 직접 따져보리다. 초류아 대주를 불러주실 수 있소?"

"그건, 불가합니다."

"왜요?"

"말할 수 없습니다."

박소을은 상체를 뒤로 움직이며 허리를 들고, 고개를 슬며시 들어 숨을 깊게 들이켰다.

"내 항상 궁금하던 것인데 도대체 어떤 원리이오?"

"말할 수 없습니다."

초류선의 목소리가 미세하게나마 커졌다. 표정조차 보이지 않을 정도로 항상 변화가 없는 그녀이기 때문에, 그런 작은 차이조차 쉽게 느낄 수 있었다.

"뭐, 좋소. 불쾌하셨다면 사과하겠소."

전혀 미안해하지 않는 뻔뻔한 표정으로 박소을이 말했고, 초류선은 침묵했다. 둘 사이의 묘한 신경전을 깨고자 피월려가 먼저 입을 열었다.

"임무는 일단 실패하였습니다."

박소을은 시선을 돌려 피월려를 보았다.

"실패한 것치고 꽤 당당하오? 좋은 변명거리가 있소?"

박소을의 말이 너무 노골적이었는지, 피월려는 자기도 모르게 고개를 끄덕였다.

"암살이나 포획과 같은 임무에서는 대상에 대한 정보가 가장 중요한데, 그 부분에 마조대에서 실수가 있었습니다."

"무슨 부분이 잘못되었소?"

"대상 자체가 잘못되었습니다."

"……"

이건 대단히 컸다. 대상에 대한 정보가 틀린 것이 아니라 대상 자체가 틀린 것은 변명의 여지없이 정보의 실책이다.

피월려가 말을 이었다.

"하오문의 감찰대원은 장거주가 아니라 그의 정실이었습니다."

박소을은 놀란 표정을 지었으나 먼저 입을 뗀 것은 초류선이었다.

"그녀가 높은 수위의 암공을 익힌 것은 보고된 바 있었어요. 그러나 그녀가 감찰대원이라는 추측은 처음 들어요."

피월려는 그녀를 돌아보았다.

"그 보고는 주 소저가 한 것이 맞소? 제가 죽었다는 것도 포함해서 말이오."

"그래요. 주하는 피 공자를 구출하려 했지만, 그 여인이 주하와 호각을 이룰 정도의 무공을 지니고 있었기에 오랜 시간을 소비할 수밖에 없었고, 화재 때문에 파견된 관병들이 도착하자 당신을 놔두고 떠날 수밖에 없었다고 했어요."

피월려는 이제 머릿속에 그림이 완성되는 것을 느꼈다. 주하는 이기지도 지지도 않고 비겼던 것이며, 따라서 자신을 방치하고 퇴각할 수밖에 없었던 것이다.

그러나 조금 어폐가 있는 부분이 있어 피월려는 초류선에게 질문했다.

"그렇다면 제 죽음은 어떻게 확인한 겁니까? 호각인 상대와 싸우면서 제가 죽었다는 것을 확인할 여력이 없었을 텐데요?"

"그 여인이 당신의 단전을 찌른 것을 직접 목격했다 했어요. 전 그 부분에 의문이 드는군요. 그건 주하가 잘못 본 것인가요?"

피월려는 갑자기 말문이 막혔다. 그것을 설명하려면 자신이 무단전의 내공을 익혔다는 것을 말해줘야 하기 때문이다. 그는 자신에 대한 정보가 여기저기 퍼지는 것이 별로 달갑지 않았고, 일대원인 그가 이대주에게 자세한 보고를 할 의무도 없었기에 대답을 보류했다.

"그건 비밀이오. 사람은 다들 비밀이 있는 것 아니겠소?"

"……."

피월려가 빙그레 웃으며 초류선이 바로 전에 자기의 비밀을 숨긴 것을 지적하자 그녀로서는 더 물을 수 없었다.

박소을은 이미 피월려가 무단전의 내공을 익혔다는 것을 알고 있었기에 정확하게 상황을 이해할 수 있었고, 그대로 넘어가기로 했다.

"그러면 일단 이대원의 보고와 피 대원의 실제 생사가 엇갈린 이유는 해명된 것 같고, 그 이후에는 어떻게 된 것이오? 그여인이 왜 지금에 와서야 피 대원을 풀어준 것이오?"

"제가 처음 깨어난 곳은 낙양성의 감옥이었습니다."

"감옥? 관병이 피 대원을 데려간 것이오?"

피월려는 오늘 아침에 있었던 이야기를 자세히 풀었고, 박소을과 초류선은 그의 이야기를 경청했다. 한 식경 후, 피월려가 말을 마치자 박소을은 마음속에 담았던 의문을 하나하나씩 차례대로 풀었다.

"자, 다 같이 생각해 봅시다. 그 여인이 왜 피 대원을 놓아주었는가? 그것도 하필 관병에게 놓아주었는가? 정보를 캐내려면 차라리 본인이 잡아서 고문하는 것이 훨씬 이득이오. 그리고 좌추라는 자는 도둑이니 혹시 하오문의 일원이 아니겠소? 왜 피 대원과 좌추라는 자는 같은 옥을 사용했으며 그좌추라는 자는 마치 탈출을 예견이라도 한 것처럼 자세히 감옥의 상황을 알고 있었던 것이겠소? 단순히 오래 감옥에 있었다는 것으로는 별로 신빙성이 없소."

참으로 신비하다면 신비한 경험을 한 직후라, 피월려는 이렇다 할 의심을 하지 못했었다. 그러나 이처럼 다른 사람의 말을 들으니 자신이 한 이야기에 조금씩 의문이 드는 점이 있었다.

피월려는 초점 없이 위를 바라보며 머릿속에 떠오르는 것을 그냥 입으로 읊었다.

"제 죄목은 방화라 하였습니다. 그러니 그 여인이 제가 방화범이라 관병에게 말하여 옥에 들어가게 된 것이 확실합니다. 그리고 하오문 정도의 영향력이면 죄수를 빼내는 것은 힘들지 몰라도 방의 위치를 선정하는 것은 말단 관리만 매수하면 될 일이니 상대적으로 쉽게 조작할 수 있고… 흠, 그 노인은 발이 잘린 것을 보면 도둑이라는 말은 사실인 것 같은데……."

초류선은 무언가 깨달았는지, 손을 들어 입을 막는 시늉을 했다. 박소을이 그것을 보고 그녀에게 물었다.

"뭔가 알아낸 것이 있소?"

초류선은 손가락을 앞뒤로 흔들며 말할 듯 말할 듯 말하지 않았다. 피월려와 박소을은 애간장이 탔지만, 그녀가 충분히 생각을 정리할 때까지 기다려 주었다.

"만약 피 공자의 추측이 사실이라면, 그 여인은 의도적으로 피 공자를 좌추라는 노인에게 보낸 것이 아닌가 합니다."

박소을은 초류선의 말을 듣고 고개를 갸웃했다.

"그런 일을 한 목적은 무엇이라 생각하오?"

"아마도 그 노인을 탈옥시키기 위함이 아니겠습니까? 그자가 도둑이라면, 하오문과 연관이 있을 가능성이 큽니다."

방 안의 누구도 직접 일을 경험한 피월려만큼 상황을 파악할 수 있는 사람은 없었다. 초류선은 자신의 말에 대해서 피월려가 어떻게 생각하는지 궁금하여 그에게 시선을 옮겼다.

피월려는 잠시 생각하고 나서 입을 열었다.

"그것이 사실이기 위해서는 두 가지 풀어져야 할 의문점이 있습니다. 첫째, 암살을 하려고 안방까지 들어온 나를 고문하여 정보를 얻는 것보다 그 노인을 구출해 내는 것이 어떻게 더 이득이 되는가? 둘째, 살수인 내가 그 노인의 탈출을 돕게 될 것임을 어떻게 확신할 수 있는가?"

박소을은 그 말을 들은 즉시 대답했다.

"억측에 억측이 더해가는 듯하지만… 첫 번째는 그 노인의 정체를 알아내는 것이 중요한 듯하오. 단서는 발이 잘린 도둑이라는 것과 5년 전에 옥에 들어왔다는 사실이오. 이 정보면 마조대에서 충분히 알아낼 수 있을 것으로 생각하니 해결된 셈이고, 두 번째는 단순히 생각하면 피 대원이 단전에 피해를 보고도 죽음을 면한 것을 보고, 아마 옥에 들어가서도 충분히 활동할 수 있으리라 판단한 모양이오. 무림인을 가둘 때면 점혈을 하는데 점혈이 통하지 않는 사람이라면 반드시 탈출에 성공할 수 있을 테니, 그 좌추라는 자가 세 치 혀를 잘만 놀릴 수 있다면 어부지리로 탈출할 수 있을 테니 말이오."

그의 말이 끝나자 이번에는 초류선이 즉시 말을 이었다.

"흥미롭군요. 저는 첫 번째 이유로, 피 공자가 인질로서 값어치가 떨어지기 때문에 충동적으로 일을 진행한 것이 아닌가 했습니다. 이미 피 공자가 본 교의 마인인 것을 알고 있으니 고문도 별로 소용이 없고 따라서 그냥 한번 다른 식으로 이용하는 것이 더 좋은 선택이었던 것이죠. 그리고 두 번째 이유로는 비슷하지만, 피 공자가 마인인 것을 알았으니 옥에 갇히게 되어도 어떻게 해서든지 천마신교에서 손을 쓸 것이고, 그렇게 탈출하는 과정에 그 노인에게도 기회가 생기지 않을까, 라는 생각으로 그리 일을 진행한 것이 아닌가 합니다."

피월려는 양쪽의 추측을 종합하여 정리했다.

"대충 그림은 그려지는군요. 감찰대원은 제 신분을 알고 고문하는 것보다는 옥에 있는 노인을 빼내는 것이 좋다고 판단… 그 노인과 같은 감방에 들어가도록 손을 써서 최종적으로는 노인의 탈출을 의도하였다… 맞습니까?"

피월려의 말에 박소을은 고개를 끄덕끄덕하였지만, 초류선은 중요한 부분을 놓치지 않고 딱딱한 어조로 대답했다.

"장거주의 정실이 감찰대원이라는 전제가 필요합니다. 아시다시피 주하는 그 여인의 무공이 강하다 보고했을 뿐, 감찰대원이라 의심이 간다는 내용은 올린 적이 없습니다. 피 공자께서는 어떤 근거로 그녀를 감찰대원이라 의심하는 것입니까?"

"감이오. 그러나 직접 그녀를 마주한 사람은 나밖에……."

"주하도 마주하였습니다."

"하여간 장거주의 정실이 감찰대원이 맞을 것이오."

"근거 없는 억측입니다."

"심증이 있소."

"심증으로는 확신할 수 없습니다."

"지금까지 한 이야기에 심증을 빼면 무엇이 남는다는 것이오?"

"같은 심증이라 해도, 원인과 결과를 놓고 따지는 것과 단순히 감으로 따지는 것은 매우 다른……."

탁!

둘의 언성이 높아지자 박소을은 상을 탁 하고 쳤다.

"지금은 여기까지… 나머지는 지화추 단주에게 일을 맡기면 될 것 같으니 두 분 다 자중하시오. 피 대원은 어찌 됐든

간에 임무에 실패했으니 보상은 없을 것이고, 이대주 또한 주하라는 이대원의 보고에 사실과 다른 과오가 있었으니 별로 잘한 건 없소. 둘 다 이만 물러가시오."

초류선은 그의 말이 떨어지기도 전에 바람을 일으킬 정도로 획 하니 일어났다. 그녀를 뒤따라서 일어난 피월려는 밖으로 나가기 전에 조심스레 물었다.

"혹시 임무 목적인 그 중요한 정보라는 것은 얻으셨습니까?"

박소을은 얼굴을 찌푸리며 시큰둥하게 말했다.

"못 얻었소. 다섯 명 중 세 명을 생포하였으나 다 관련이 없는 자들이고, 나머지 한 명은 일 도중에 죽었소. 그리고 피 대원의 일은 피 대원이 더 잘 알 테고."

"그럼 어찌 됩니까?"

"너무 염려하지 마시오. 어쨌든 낙양에 큰 소란이 된 건 이득이니까 말이오. 손과 발이 할 일이 있듯, 뇌가 할 일이 따로 있으니 피 대원은 피 대원의 임무만 충실히 해주시오."

즉, 손발과 같은 도구인 피월려는 수뇌부인 박소을의 생각을 알 필요가 없다는 것이다. 기분이 조금 상하는 것은 사실이었으나, 생각해 보면 나지오도 그런 말을 자주 했었다.

피월려는 의구심을 삭히면서 포권을 취하고는 밖으로 나갔다.

그런데 뜻밖에도, 밖에서 초류선이 그를 기다리고 있었다.

조금은 밝은 야명주의 빛으로 보니 그녀는 검은 붕대와 같은 것으로 온몸을 감고 있었다.

그런 어둠 속에서 달과 같은 눈이 피월려를 응시했다. 그는 그녀에게 물었다.

"혹시 내게 용무가 있으시오?"

"잠시 여기서 기다려 주십시오."

뜬금없는 말에 피월려는 묻지 않을 수 없었다.

"내가 왜 그래야 하오?"

"주하가 오고 있습니다. 이제 곧 도착할 겁니다."

"나를 보려고 오는 것이오? 어찌 알고?"

"아까 방 안에 있을 때에, 제가 불렀습니다. 그랬더니 이쪽으로 오겠다는 전갈을 받았습니다."

피월려는 그녀의 말을 이해할 수 없었다.

"방 안에서 말이오? 누구에게 전갈을 받았다는 것이오? 그 안에 박 대주님과 나, 그리고 초 대주님 말고 또 누가 있었소?"

"피 공자 옆에 주하가 있었듯 박 대주님도 항상 곁에 있는 자가 있습니다. 그녀를 통해서 연락했습니다만."

박소을의 방은 어느 지점부터 어둠 속으로 빨려 들어가는 듯하여, 그 범위를 알 수 없었다. 그러니 그 안에서 누군가 은 신술을 펼치고 있다면 그 존재를 감지하는 것은 매우 어려운 일이 될 것이다.

"아, 그렇소? 역시 이대원들은 은신술이 매우 뛰어나오."

초류선은 그의 칭찬에도 별로 기쁜 기색이 없었다.

"그녀는 이대원이 아닙니다."

"그렇다면 누구이오?"

"본부에서 파견된 말존대원입니다. 일단은 제이대에 임시로 속해 있으나 원래는 살수 출신이죠."

"그렇소?"

피월려는 뭔가 질문을 하려다가 멀리서 걸어오는 주하를 보고 그녀에게 손짓했다. 평소와는 다르게 모습을 드러내고 천천히 걸어오는 그녀의 모습은 단순히 걸음을 걷는 것인데도 불구하고 매우 낯설었다.

초류선도 그녀를 보았고, 주하는 초류선에게 고개를 숙이며 포권을 취했다.

"미흡한 상황 판단으로 잘못된 보고를 올린 죄, 달게 받겠습니다."

다소 진지한 분위기에 피월려는 공중에 있는 민망한 손길을 서서히 내렸다. 초류선은 주하의 어깨에 손을 가져갔다.

"됐어. 그것은 그리 중요한 일도 아닌데. 이제 난 가보마."

피월려는 초류선의 '그것'이란 표현이 자기의 생명을 뜻한다는 것을 깨닫고는 표정이 굳어졌으나 딱히 뭐라 따질 수 있는 것이 아니어서 침묵을 지켜야만 했다.

주하는 그런 그에게 한 번 눈길을 주더니 물었다.

"그러면 제 임무는 계속되는 겁니까?"

"어. 힘들겠지만 수고해."

"알았습니다. 살펴 가십시오."

초류선은 고개를 끄덕이고는 안개처럼 그 자리에서 모습을 감췄다. 피월려는 용안으로 그녀의 그림자가 위로 올라가는 것까지 보았으나 신형의 위치를 정확히 파악하지는 못했다.

그는 혼잣말처럼 중얼거렸다.

"이대원들은 위로 다니시오?"

주하는 그의 말에 놀람을 표하며 되물었다.

"방금 대주님의 움직임이 보이셨습니까?"

"뭐, 가까스로."

"역시 용안의 힘은 대단합니다. 이런 특수진법 안에서 펼치는 은신술을 파악할 수 있는 이는 천마급 이상의 통찰력을 가지지 않고는 불가능합니다."

피월려는 바로 대답하지 않고 잠시 주하를 응시한 뒤에 나지막하게 말했다.

"칭찬이라니, 주 소저답지 않소."

"……."

주하는 헛기침을 몇 번 하는 것 외에 말이 없었다. 마땅히

할 말을 찾지 못하는 것 같았다. 피월려는 미소를 지었다.

"하하하… 잘 지내셨소?"

주하는 그의 시선을 회피했다.

"예. 어젯밤에는 죄송합니다. 무공이 미흡하여 차마 구출하지 못했습니다."

"그렇게 따지면 애초에 바닥에 쓰러진 내가 무공이 약한 탓이오. 너무 신경 쓰지 마시오. 나도 이전에 주 소저의 신변을 방치한 적이 있었지 않소?"

주하는 피월려의 말을 듣고 전에 낙하강에 버려졌던 것을 기억해 냈다.

그러고 보면 그리 미안해할 필요는 없다.

그녀는 조금 담담해진 목소리로 말했다.

"그리 생각해 주신다면 감사합니다. 신경 쓰지 않도록 하겠습니다."

"뭐, 알았소."

"……."

"……."

둘 사이에 어색함이 흐르기 시작했다. 주하의 눈빛이 조금씩 흔들리는 것을 본 피월려는 속으로 적당한 시간을 재고는 장난스레 말했다.

"아마, 지금쯤 사라질……."

정확히 그때, 주하는 초류선과 같은 방법으로 피월려의 눈앞에서 모습을 감추었다. 피월려는 자기의 예상이 적중한 것 같아 기분이 좋아져 얼굴에 작은 미소를 그렸다. 그러면서 주하의 기분이 너무 상하지 않도록 얼른 입꼬리를 내렸다. 속 좁은 여인이니 이런 것까지 다 신경 쓸 게 분명하기 때문이다.

*　　　　*　　　　*

"진 소저?"

대답이 없다.

방에 도착한 피월려는 진설린의 모습을 찾을 수 없었다. 큰 소리로 불러보며 욕실도 확인했지만, 그녀는 어디에도 있지 않았다. 조금 전, 욕실에서 자연스럽게 음양합일을 하며 몸을 씻게 되었는데 그 김에 밖에 산책이라도 하러 나간 것 같다.

항상 녹초가 되어 방에 들어오면 웃음과 함께 맞아주는 진설린을 평소에는 대수롭지 않게 생각했으나, 막상 눈에 보이지 않으니 은근한 아쉬움과 함께 걱정이 되기 시작했다. 혼인을 올린 것은 아니지만 마치 부부가 된 것처럼 지낸 며칠 동안의 시간이 그의 삭막했던 가슴을 조금씩 적신 것이다.

피월려는 그런 감정을 자각하고는 흠칫 놀랐다. 예전이라면 마치 생명의 위협이라도 받은 것처럼 부정적으로 반응하며 그 감정을 잊어버리려고 노력했겠지만, 지금은 조금 의외일 뿐 별로 나쁜 기분이 들지는 않았다. 그만큼 피월려는 자기의 변화에 대해서 좀 더 원만해지고 유연해졌다.

"용안이 성장한 덕을 자주 보는군."

조금만 기준에서 엇나가도 엄청난 큰 문제라도 발생할 것처럼 호들갑을 떨었던 옛날의 감정은 그 뿌리를 죽음에 대한 공포에 두고 있었다. 용안으로부터 오는 안정감에 취해서 그 밖으로는 보려 하지 않았다.

하지만 지금은 다르다. 용안의 성장을 통해서 때로는 과감해질 필요성이 있다는 것을 깨달았다. 약점을 없애 버리는 것만이 답이 아니라 약점을 정면으로 극복해 내는 것 또한 답이라는 것. 그것은 단순히 검술과 무공에 국한되는 것이 아니라 피월려의 성품에도 영향을 미치는 마음의 깨달음이다.

심공이 주는 이득은 이렇듯, 다른 무공보다 비현실적이고 간접적이라 해도 그 영향은 가장 밑바닥까지 닿는다.

피월려는 편한 마음으로 침상에 올라가 그 옆에 있는 극양혈마공의 비급을 꺼냈다. 물론 그 내용은 눈을 감고도 보일 정도로 완전히 외웠지만, 그는 한 번 더 훑어볼 필요성을 느꼈다. 진설린이 피월려의 기운을 멀리서도 느낄 수 있다는 점이나, 극양혈마공이 무단전의 내공이라는 점 등등, 그가 극양혈마공을 익힌 후에도 낯선 정보들이 여러 가지가 있고 단순히 머리로 생각했을 때는 딱히 해답을 찾을 수 없었다.

책장을 펴고, 그는 글자 하나하나까지도 정독하기 시작했다.

두어 번 정독을 마쳤을 때, 그는 다시 한번 극양혈마공이 매우 이해하기 쉽게 쓰였다는 것을 느꼈다. 추상적인 표현은 하나도 없고, 글씨 하나하나를 되풀이하며 명상하면 그대로 이루어지는 매우 실용적인 내공이다. 그 이유로는, 그것이 다른 무공에서 파생된 변형물임과 동시에 여러 사람에게 연구되며 인위적으로 만들어진 내공이기 때문이라 들었다. 그렇다면 극양혈마공의 원본마공인 태극음양마공을 보지 않고 그 깊이를 제대로 꿰뚫어 보는 것은 불가능했다.

"흠… 10성 이상을 연마하려면 어쩔 수 없이 태극음양마공을 보아야겠군."

무림인들이 한 무공을 익힌 수준을 나누는 단위는 바로 성(成)인데 1성부터 시작하여 10성까지가 바로 이해도의 차이를 나타낸다. 따라서 어떠한 무공을 완전히 이해한 사람은 그 무공을 10성, 반 정도 이해한 사람은 5성, 초입에 있는 사람은 1성이라고 표현하는 것이다.

그 이상은 11성과 12성으로 말하는데, 11성은 기본원리까지 모두 섭렵하여 다른 사람에게 가르쳐 줄 수 있을 정도를 일컫는 것이고 12성은 무공의 창시자와 비견될 정도의 깨달음을 얻어 다른 것을 추가하거나 일부분만을 빼서 사용하는 수준까지 이른 것이다. 주소군이 자설귀검공 중 검기 부분만 빼서 아무렇게나 휘두르는 것 또한 자설귀검공을 12성까지 익혔기 때문에 가능했던 것이라 할 수 있다.

극양혈마공의 경우에는 깨달음이고 뭐고 할 것도 없이 매우 간단했기에 1성이니 10성이니 하는 것은 무리가 있었다. 하나부터 끝까지 그저 마기를 모으는 것뿐이니 피월려 정도의 지혜만 있어도 하루아침에 10성에 이를 수 있다.

그러나 깨닫기 쉬운 만큼 활용도가 적었다. 예를 들면 일반적인 다른 내공들의 경우, 2성에는 운기할 때 몸에서 푸른빛이 나고, 4성에 이르면 평소에 숨을 쉬면서도 내공을 운기할 수 있고, 6성에 이르면 오장육부가 튼튼해지고, 8성에 이르면 금강불괴가 되고, 10성에 이르면 환골탈태를 이루게 되는 등등의 부차적인 효과를 기대할 순 없었다. 그냥 주구장창 기만 모으는 것이니 질만 놓고 보았을 때는 최하급 중 최하급의 내공이다.

피월려는 그 이유가 바로 극양혈마공이 가장 순수한 내공인 토납법에 기초를 두고 있기 때문이라는 것을 안다. 그렇기에 더욱더 그 기본이 되는 태극음양마공을 보아야 한다.

그러나 지금은 그것을 볼 수 없다. 그것은 정통 마공이며 신공이기 때문에, 태생마교인이 아닌 이상 충성심을 인정받고 높은 공을 세워야만 열람할 수 있다.

그는 지금 그가 할 수 있는 것에 집중하기로 했다.

그렇게 마흔두 번째 정독했을 때다.

"피 공자?"

피월려는 문밖에서 들리는 주하의 목소리에 책장을 덮었다.

"왜 그러시오?"

"지부장께서 급히 오라는 전갈이 있었습니다."

"지금 말이오?"

"네."

안 그래도 따분했던 피월려는 잘됐다 싶어 후다닥 방문을 나섰다. 마기가 안정된 상태로 오랫동안 누워만 있었더니, 몸이 근질근질한 것이 한바탕 검을 놀리고 싶은 마음이 굴뚝같았다.

곧 도착한 그는, 주(主)라고 금실로 크게 쓰여 있는 서화능의 방문을 열며 안으로 들어섰다.

"찾으셨습니까?"

피월려의 인사에 서화능은 눈을 날카롭게 떴다.

"와서 앉아라."

피월려는 그의 표정이 심히 일그러진 것을 보고, 심기가 굉장히 불편하다는 것을 깨달았다. 그뿐 아니라, 방 안에는 박소을, 서린지, 주소군, 호사일, 초류아, 천서휘, 소오진, 나지오 등 중요 인사들이 모두 모여 있었기에 보통 일이 아니라는 것 또한 알 수 있었다.

피월려는 자기를 뒤돌아보는 사람들을 이리저리 두리번거리면서 물었다.

"무슨 안 좋은 일이라도 있습니까?"

서화능은 살기라고 해도 좋을 정도의 감정을 품은 눈으로 피월려를 노려보았다.

"내 한 가지 묻지. 왜 청일문과 백운회 두 곳 모두에서 네 신변을 찾는 것이냐?"

"……."

아, 그것인가? 올 것이 왔다.

서화능은 말 없는 그를 추궁했다.

"자초지종을 설명해라."

피월려는 침을 한 번 꿀떡 삼키고는 말했다.

"청일문과는 개인적인 은원으로, 백운회와는 감옥에서 탈출하기 위함으로 각각 문제가 생겼었습니다. 하지만, 제가 마교인인 것은 알지 못합니다."

쿵!

서화능은 주먹으로 탁자를 내려치며 낮은 소리로 으르렁거렸다.

"지금 지부가 어떤 상황인지 알지 못하는가! 우리가 말살하려는 자들은 바로 하오문이야. 무공이야 한 주먹거리도 안 되지만 정보에는 마조대도 애를 먹고 있지. 그런 그들이 네가 마교인이라는 사실을 백운회와 청일문에게 전한다면, 전면전을 피할 수 없을 것이다!"

"……."

"가뜩이나 하오문 지부주의 소재는커녕 그 지부의 소재도 모르거늘 이 사태를 어찌 책임질 것이냐?"

"……."

"그리고 애초에! 네놈 때문에 하오문과 은원이 발생하였다. 그것조차도 네놈의 책임이지. 본 교에서 네놈에게 마공을 하사하는 대가로 원하는 것은 단 하나, 태음강시의 숙주 구실뿐이다. 그것만 잘하면 될 일이지 실력도 없는 것이 천운이 조금 따라준다고 별 같잖은 짓거리를 벌이고 싸돌아다니느냐?"

"……."

"네놈의 스승 조진소도 그랬지. 자기가 하는 일에 빠져서 사문이 뒤집히든 말든 상관조차 안 하는 무책임한 놈이었지. 역시 그 스승에 그 제자야!"

여기서 이성의 끈은 무너졌다.

피월려는 무표정하게 조용히 자리에서 서서히 일어났다. 다른 이들은 모두 그를 올려다보았다. 연속적인 폭언에 어떻게 반응할지 기대하는 듯했다.

화를 낼 것인가? 용서를 구할 것인가?

그들의 예상은 모두 빗나갔다.

피월려는 비웃었다.

"천마신교라고 해서 대단한 것도 아니군요. 그깟 하오문 따위를 가지고 이리도 애를 먹으시다니."

"뭐라!"

쾅!

마기가 일렁거리는 주먹은 결국 애꿎은 상을 산산조각 내었다. 서화능에게서 폭사되는 마기가 방 안을 가득 채우면서 모든 사람의 피부를 찌릿찌릿하게 만들었다.

하지만, 그런 엄청난 기운도 피월려의 패기를 막지 못했다. 스승의 언급으로 폭발한 그의 분노가 극양혈마공을 번개처럼 불태워 가공할 만한 마기를 생성시켰기 때문이다.

마기의 양은 서화능이 한참 많을지 모르나, 분노의 질만큼은 피월려가 월등히 앞섰다. 눈동자가 붉어졌다고 착각할 만큼 살벌한 두 안광은 공중에서 치열하게 대립했다.

피월려는 분노가 짙게 깔린 목소리로 느릿느릿하게 말하기 시작했다.

"난 내 똥을 치워달라 부탁한 적 없습니다."

그의 말이 끝나고, 정적 아닌 정적이 방 안에 찾아왔다.

서화능의 일그러진 표정이 점차 풀어지더니 피월려의 것과 같은 비웃음이 자리 잡았다.

"건방지구나. 여기서 허세가 통할 것 같으냐? 이곳은 천! 마! 신! 교! 오로지 실력만이 모든 것을 증명하는 곳이다. 네놈이 그딴 말을 하고 싶거든 실력을 증명해 보여라!"

서화능의 목소리가 쩌렁쩌렁하게 울렸지만 피월려는 기가 죽기는커녕 고개를 높이 들고 눈빛을 아래로 향했다.

"좋습니다. 증명하지요. 내일까지 하오문 지부주라는 그 쥐 새끼를 죽여 목을 바치겠습니다."

서화능은 피월려를 한동안 노려보기만 했다. 그러다가 일 순간 갑자기 허리를 젖히며 광소했다.

"크하하! 하하하! 좋다! 좋아! 네놈이 한 말을 지키지 못할 경우, 건방진 그 세 치 혀를 뽑아버릴 것이다. 알았느냐?"

피월려는 대답을 하지도 않고, 몸을 돌려 쿵쿵거리며 방 밖으로 나가 버렸다.

방 안에 존재하던 모든 마인들은 일순간에 펼쳐진 장관에 할 말을 잊어버리고 얼이 빠진 채로 피월려의 뒷모습을 좇을 뿐이었다.

*　　　　*　　　　*

　무서운 기세로 마방에 들이닥친 그는 다짜고짜 말 두 마리를 잡아탔다. 주인이 뭐라 할 새도 없이 밖으로 내달린 그는 낙양의 마로를 타고 달려, 전에 몇 번 이용했던 대장장이를 찾아갔다. 말 하나를 타면서 옆으로 다른 하나의 말을 다루는 솜씨는 북쪽의 여진족을 방불케 할 정도로 신묘했고, 가뜩이나 사람들이 붐비는 시간이라 그의 모습은 모든 이의 시선을 끌기 충분했다. 그렇게 반각을 달려, 목적지에 다다른 피월려는 말이 멈추기도 전에 먼저 오른쪽으로 뛰어내리며 바닥에 착지했다.

　대낮이라 입구를 환히 열어둘 법하건만, 대장간의 입구는 회색 휘장으로 을씨년스럽게 가려져 있었다. 그런데 더 이상한 점은, 입구 주변에 검, 도, 창과 같은 온갖 병기가 쓰레기처럼 널브러져 있다는 것이다. 개중에는 그냥 쇳덩이와 다를 바 없이 제련이 덜 된 것도 있었고, 화려한 검집과 고급 조각이 새겨진 완성품도 있었다.

　단순히 자리를 비운 것이 아니라 무언가 일이 벌어진 것이 틀림없었다. 그러나 피월려는 지금 다른 사람의 사정에 관심을 둘 만한 여유가 없었다. 그의 마음은 극심한 분노로 가득

차 있었기 때문이다.

피월려는 거칠게 휘장을 열었다.

"검을 빌리겠소. 돈은 없으나, 나중에 갚겠소."

그가 안으로 들어서자, 대장장이는 시선을 들어 그를 바라보며 걸걸한 목소리로 대답했다.

"마음대로 하시오."

당연히 욕지거리를 한 바가지나 들을 것으로 예상했던 피월려는 예상치 못한 말에 그 대장장이에게 시선이 갈 수밖에 없었다.

대장장이의 모습은 폐인 그 자체였다.

얼마나 술에 찌들었는지, 술 냄새가 온몸에서 진동하였고, 얼굴과 옷에 낀 때는 자세히 보지 않아도 육안으로 확인할 수 있을 정도로 새까맸다. 눈과 볼이 퀭한 것이 잠을 족히 삼일은 자지 못한 것 같았고, 삐쩍 마른 몸매는 좌추를 연상시킬 만큼이나 나뭇가지처럼 앙상했다.

무슨 일이 있던 것이 분명했다.

"뭔 일인지는 모르겠으나, 운을 빌겠소."

피월려는 툭 내뱉듯 말하며 땅에 널브러져 있는 철검 중 가장 날이 잘 서 있는 녀석을 주웠다. 그때, 대장장이는 술병을 하나 들어 벌컥벌컥 마시더니 신세 한탄을 시작했다.

"내 사람을 죽이는 녀석을 만들면서 매 순간 죄책감을 느꼈소. 그러나 농기구나 만들어 파는 것보다는 이윤이 열 배가 넘으니 양심이 모두 죽더이다. 그러다 보니 결국 이리도 천벌을 받게 되었구려."

구슬피 우는 귀곡성과 같은 대장장이의 한탄에도 마음이 얼음장과 같아진 피월려는 냉담할 뿐이었다.

"무림의 경계에 아슬아슬하게 서 있는 범인의 인생은 절대로 행복한 법이 없소. 무림인의 아내가 되든, 무림인의 무기를 만들어 사고팔든, 무림인과 은원을 만들든……. 그 무림인의 손에 흐르는 핏물은 어쩔 수 없이 주변인에게 전염되고 마오. 무슨 일이 있었는지 자세한 일은 모르겠으나, 이제는 무림인과 마주치지 않는 삶을 살기 바라겠소."

쨍그랑!

대장장이는 피월려의 말이 끝나기 무섭게 술병을 땅에 집어던졌다. 그는 깨진 술병을 지긋이 바라보더니 곧 미친 사람처럼 입을 막고 웃음을 흘리기 시작했다.

"큭큭큭. 크크크… 그건 안 되지… 복수는… 복수는 해야 하지 않소? 크크크."

대장장이는 슬며시 눈을 뜨며 피월려를 응시했다.

공허함과 분노가 뒤엉킨 눈빛.

피월려는 미련 없이 발걸음을 돌리며 마지막 말을 남겼다.

"무림에 온 것을 환영하오. 뜻을 이루기까지 죽지 마시오."

"크? 무림? 무림이라? 크하하하!"

피월려는 광소를 뒤로하고 밖으로 나왔다. 그도 오랜 세월 동안 무림에 있어서 그런지, 한 범인이 무림인이 돼버리는 슬프고도 슬픈 사건을 보고도 별다른 감흥이 없었다.

매일같이 수백의 무림인이 서로 죽이고 죽어도 중원무림은 유지된다. 그 이유는 매일같이 수천의 범인이 무림인이 되기 때문이다.

"무림은 인세의 수라계라 했던가?"

스승님의 말을 떠올리며, 피월려는 곧바로 말 위에 올라타 다시 속도를 내어 마로 위를 쏜살같이 달렸다. 차가운 바람을 맞으니, 분노가 점차 정제되어 차곡차곡 쌓이는 것처럼 느껴졌다. 어디로 튈지 모르는 삐죽삐죽한 분노에서 둥그런 원형의 분노가 된 느낌이다. 대장장이의 영향이 있었기 때문일까? 피월려는 조금은 냉정해진 머리를 굴려 과거의 일을 회상했다.

"이곳은, 낙양성에서 북서서로 40리 정도 떨어진 곳이다. 남쪽으로 걷다가 관로를 만나 동쪽으로 향하면 낙양성 서문에 다다를 수 있을 것이다. 그리고 하오문 지부는 낙양성 서문 주위에 있는 세 개의 포목점 중 붉은색만 취급하는 곳이다. 그곳은 이 층까지 있으나 손님들은 그곳으로 들어갈 수 없게 되어 있다. 그곳이 바로 하오문 지부다."

하남성 잠사는 하오문 지부의 위치에 대해서 이렇게 말했었다. 피월려는 신물주나 무영비주와 있었던 여러 가지 일 때문에, 하오문에 관한 이야기를 천마신교에 보고하지 않고 숨겼었다. 그것이 오늘과 같은 도움이 될 줄은 상상도 하지 못했다. 아니, 사실 따지고 보면 애초에 이런 사실을 알고 있었기에, 그런 과감한 장담을 할 수 있었던 것이다.

동문 주변에 위치한 대장간에서, 서문까지의 거리는 말을 타고도 일다경이 넘게 걸렸다. 그 정도로 낙양은 넓었고, 그 시간 동안 피월려는 완전히 생각과 감정을 정리할 수 있었다.

피월려는 멀리서 점차 서문의 모습이 보이자 말의 속도를 조금씩 줄여 나갔다. 그리고 용안의 힘을 동원하여 주위를 훑으면서 잠사가 말한 포목점을 찾기 시작했다.

낙하강 옆에 흐르는 낙양의 서문은 하나의 성문이라고 하기에는 너무 혼잡한 곳이었다. 강가에는 낙하강을 타고 들어온 배가 끝이 보이지 않을 정도로 정박해 있어, 끊임없이 물건을 내리고 있었다.

번화가에 손님들을 대상으로 한 상인들이 자리를 잡고 있다면, 이곳 서문은 상인과 상인과의 도매가 이뤄지는 곳이었다. 즐거운 웃음소리보다는 열심히 일하는 일꾼들의 욕설 소리가 가득한 곳이었다. 따라서 말을 타고 먼지를 일으키는 피월려의 행패 때문에 그는 어디를 가든, 곳곳에서 육두문자를 들어야 했다.

그러나 피월려는 그런 것에 신경 쓸 겨를이 없었다. 천마신교의 눈도 피하는 하오문의 정보력은 그에게 많은 시간을 허락하지 않았다. 조금이라도 지체된다면, 하오문 지부주는 그가 오고 있다는 것을 눈치채고 바로 도주해 버릴 것이다.

마음이 점점 초조해지는 와중에, 한 건물이 피월려의 눈에 띄었다. 온통 붉은 천으로 겉을 치장해 놓은 것이 잠사가 이야기한 그곳일 가능성이 매우 컸다. 말의 속도를 높여 점차 다가가자, 금실로 수놓은 포목점이라는 글자가 보였다.

'저곳이다!'

피월려는 포목점과의 거리를 재며 양손으로 그 말의 양 눈을 찔렀다.

"푸히이잉!"

말이 고통에 신음했다. 시야가 없어져 공포에 질린 나머지, 그 말은 평생 달려본 적이 없는 엄청난 속도를 내며 질주했다. 그러나 눈이 없는 관계로, 그 방향은 피월려의 의도대로 이끌려졌다.

말은 그대로 포목점에 질주, 그 입구에 몸을 들이박았다.

와장창!

"으아악!"

"아악!"

가게 입구는 산산조각이 났고 사람들은 비명을 지르며 도망을 갔다. 갑자기 난 큰 소리에 주위에 있던 모든 사람이 대화를 멈추고 시선을 옮겼다.

그때, 사방에 널려 있던 붉은 천이 말의 전신에 엉키면서 그 다리를 옥죄었고, 말은 앞으로 넘어지며 온갖 가구들을 모조리 박살 냈다. 그 몸은 나무 기둥 세 개를 박살 내고 나서야 멈췄고, 그 충격 탓에 포목점은 기우뚱기우뚱하더니 곧 자욱한 먼지를 풍기면서 폭삭 주저앉기 시작했다.

피월려는 즉시 신형을 위로 띄우면서 자욱한 먼지구름 속에서 용이 승천하듯 솟아올랐다. 빙글빙글 돌며 올라간 그 궤적을 흙먼지가 메워주면서 마치 바다의 소용돌이라도 재현하는 듯한 모습이었다.

세상이 돌아가는 그 시야 속에서, 피월려의 용안이 번뜩였다.

그는 한 바퀴를 돌았다.

'하나, 둘, 셋, 넷, 다섯.'

갑작스러운 혼란 와중에 밖으로 피신하는 여러 사람 중 그 움직임이 침착하고 자연스러운 이는 총 다섯이 있었다. 범인들이 보일 수 없는 반응이니, 이들은 모두 무림인일 것이다.

두 바퀴.

그중 두 명은 젊은 남자이고, 한 명은 노인이며, 나머지 두 명은 젊은 여인으로 보였다. 그들 중 노인을 제외한 네 명은 피월려의 모습을 확인하려고 고개를 돌려 그를 바라보고 있었다.

그것은 지극히 자연스러운 행동이라 할 수 있었다. 이해가 불가능한 일이 일어났을 때, 그 근원을 찾는 것은 본능적이기 때문이다.

세 바퀴.

그 네 명은 보법을 펼치면서 몸을 피신하면서도 시선을 피월려에게 두었고, 그들 중 두 명의 남자와 한 명의 여자는 그 눈빛에 살기를 품었다.

그러나 노인은 여전히 자기의 갈 길을 찾아 밖으로 나갈 뿐 그에게 일말의 눈빛도 주지 않았다.

네 바퀴.

상승하던 피월려의 몸이 그 속도를 모두 잃었다. 처음 도약한 그 힘으로 도달할 수 있는 가장 높은 곳에 도달한 것이다. 두 명의 남자와 한 명의 여자는 약속이라도 한 듯, 다 같이 속에서 비수를 뽑아 그에게 출수했다. 공중에서 사람의 몸이 가장 자유롭지 못한 순간은 바로 중력에 의해서 상승하는 힘을 모두 빼앗겼을 때이기 때문이었다.

그것은 피월려도 잘 아는 사실이었고, 그 순간에 공격하리라는 것도 충분히 예상했다.

다섯 바퀴.

중력이 회전력까지 빼앗지는 못했다.

피월려는 허리를 굽히며 몸을 돌려 회전력을 모두 끌어모아 발끝에 담았다. 그리고 아무것도 없는 허공에 발길질했다. 그러자 막 떨어지려는 그의 몸이 순간 공중에 고정된 듯 움직이지 않았고, 그를 향해 쏜살같이 날아오던 비수들은 피월려의 발아래에서 자기들끼리 부딪치며 나뭇잎처럼 떨어졌다.

피월려는 그 비수 중 하나를 왼손으로 낚아채고, 도주하는 노인의 등 뒤로 날렸다. 고강한 비도술도, 물체에 내력을 싣는 재주도 없는 피월려가 출수한 비도는 은밀하지도 빠르지도 않았으나, 그 방향만큼은 정확하게 노인의 등을 노렸다.

피월려의 몸이 반쯤 떨어지고 그 비수가 노인에게 도착할 때쯤, 노인의 신형이 갑자기 붕 떠오르더니 경공을 펼치는 데 여념이 없던 다리가 반원을 그리면서 비도를 쳐냈다. 그러고는 아무 일도 없었다는 듯이, 다시 경공을 펼치면서 멀어져 갔다.

산뜻한 보법.

정확한 각법.

신속한 경공.

피월려는 노인의 얼굴을 확인하고는 큰 소리로 외쳤다.

"저 노인을 붙잡아 주시오. 소저를 믿겠소."

하찮은 경공도 없는 피월려가 하오문 지부주의 다리를 따라갈 리 만무했다. 그는 애초에 지부주 잡는 것을 주하에게 맡기고는 자기를 공격했던 세 명을 상대하는 것에 집중했다.

그는 흙먼지가 가득한 곳에 들어가며 땅에 착지했고, 육안으로 확인할 수 없는 곳에서 날아오는 비도를 용안으로 피해내며 그들의 위치를 잡았다.

한동안 흙구름 안에서 살벌한 금속음과 소름 돋는 단말마가 들렸다.

"모두 도망가!"

"웬 미친놈이구나!"

사람들의 탄성은 흙먼지가 가라앉을 때까지 끝나지 않았다. 그렇게 서서히 무너진 포목점의 윤곽이 보일 때쯤, 한 짙은 그림자가 빠른 속도로 커지기 시작했다.

"어어!"

"엇!"

사람들은 재빨리 길을 비켜주었고, 그림자는 말을 탄 피월려를 토해내었다. 따로 가져온 말을 타고 달린 것이다. 그는 마로 위를 신나게 달리며 저 멀리 모습을 감췄고, 한동안 정신을 놓은 듯 아무런 말도 하지 못하던 군중은 어느 한 사람을 시작으로 곧 사방에 널려 있는 붉은 천을 조금이라도 더 차지하기 위해 분주하게 움직였다. 다들 건물이 무너지고 주인이 정신이 없는 사이 하나라도 더 가져가려는 생각뿐이었다. 그들 중 무너진 포목점이나 세 구의 시체에 관심을 두는 이는 아무도 없었다.

피월려는 말을 쉴 새 없이 몰며 깊은 생각에 잠겼다.

자욱한 흙먼지 사이로 본 그 노인의 얼굴은 전에 천마신교 낙양지부의 대전에서 보았던 하오문 지부주와 생김새가 달랐다. 이는 수십 가지의 가능성을 시사하는데, 가장 신빙성이 있는 것으로만 여섯 가지나 된다.

대전에서 본 하오문 지부주가 거짓 인물이든가, 아니면 방금 포목점에서 탈출하려던 노인이 거짓 인물이든가, 아니면 둘 다 거짓 인물이든가, 아니면 잠사가 죽기 전 거짓을 말했든가, 아니면 잠사도 제대로 정보를 몰랐든가, 아니면 하오문의 실체 자체가 없든가.

하나하나 모두 따져보기에는 가능성이 너무 많았다. 억측에 억측을 더하지 않는다면 어떤 결과에 도달하는 것조차 힘들 정도로 정보가 빈약했다.

짜증 난다.

짜증이 솟구친다.

끓어오르는 마기에 영향이 극대화되며, 피월려는 머리를 쓰는 것이 귀찮아졌다.

그냥 신나게 싸우고나 싶다.

원 없이 싸우고 싶다.

피월려는 멀리 목적지가 보이자, 말의 속도를 서서히 줄여 나갔다. 그가 도착한 곳은 하오문의 감찰대원으로 의심되었던 장거주의 집이었다. 그 거대한 저택의 한편은 불에 탄 흔적이 그대로 남아 있었다.

피월려가 마기를 끌어모아 대문을 힘껏 차자, 나무 이음새로 되어 있는 대문은 산산조각이 나며 중심에서부터 터졌다.

쾅!

"무, 무슨 일이 일어난 것이냐?"

"누, 누구지?"

안에는 노비로 보이는 여러 인물이 얼이 빠진 표정으로 피월려를 보고 있었다. 그는 아랑곳하지 않고 눈에 마기를 잔뜩 담으며 거친 발걸음으로 당당히 안으로 들어섰다. 그리고 그는 장거주의 정실이 기거하는 집채로 향했다.

그가 도착했을 때는 장거주의 정실이 이미 밖에 나와 있는 상태였다. 그녀 주위에는 아무도 없었지만, 피월려는 그 주변에 숨어 있는 몇몇 기운을 느낄 수 있었다.

장거주의 정실이 말했다.

"다, 당신. 어떻게 여기를……."

피월려는 검을 위협적으로 뽑아 그녀를 가리키며 말했다.

"하오문 지부주가 어디 있는지 말하면, 네 목숨은 살려주겠어."

그녀는 입을 살짝 벌렸다. 피월려의 단도직입적인 선언에 기가 찬 것이다.

"무, 무슨 소리를 하는 것이죠? 그보다 당신! 감옥에서 벌써 나온 건가요?"

"그런 소리를 하는 걸 보면, 좌추가 연락을 안 했군? 그 노인을 빼내려고 나를 한방에 집어넣은 거 아니야?"

"……."

그녀는 아무런 말도 하지 않았지만, 눈빛이 파르르 흔들리는 것이 피월려의 직감이 사실임을 입증해 주었다. 평소라면 비웃음을 지으며 비꼬았겠지만 마기의 취한 피월려는 직설적인 화법으로 자기의 의사를 정확하게 전달했다.

"어쨌든, 말해. 지부주가 어디 있는지! 너 감찰대원이니까 그 정도는 알잖아?"

"내가 감찰대원이라고 어떻게 그리 확신하시는 건가요? 그런다 한들, 내가 마교의 살수인 당신에게 그걸 말하겠어요? 게다가 당신 정말 살수인가요? 이런 식으로 대낮에 쳐들어오다니. 배짱이 남다르시군요! 이곳의 모든 인원을 상대할 수 있을 것이라 생각하시나요?"

"내가 조화경의 고수도 아니고, 아마 못하겠지. 하지만 너만큼은 죽여. 장담하는데 넌 길동무로 삼을 수 있어."

"세상에……."

장거주의 정실은 머리를 도리도리 흔들면서 믿을 수 없다는 표정을 지었다. 피월려는 어깨를 들썩이며 씨익 미소를 지었다.

"보면 몰라? 나도 뒤가 없는 상태야. 벼랑 끝이지. 지부주를 찾아내지 못하면, 난 어차피 본 교에서 잘려 나갈 거야. 이판사판이지."

"……."

"이봐. 이건 아주 간단한 문제야. 아주… 아주 간단한, 큭! 큭큭큭. 그렇지. 간단하고말고. 죽느냐, 넘기느냐. 뭐 그런 거야. 쉽지, 안 그래?"

"미쳤어……."

"마기에 조금 그런 면이 있지. 하여간 대답해!"

장거주의 정실은 슬며시 손을 올렸다. 미친놈을 상대할 필요는 없다는 신호였다.

그와 동시에 사방에서 수십 개의 비도가 피월려에게 쏟아졌다.

쿵!

굉음과 함께 장거주의 정실은 순간 휘청거렸다. 지진이라도 난 듯, 땅이 크게 울렸기 때문이다. 그렇게 흔들리는 시야 속에서, 피월려의 모습이 사라져 버렸다.

쿵!

이번 굉음에는 신체가 휘청거리다 못해, 바닥에 주저앉았다. 진동의 근원지가 바로 코앞이었기 때문이다. 그녀는 눈앞에서 칼을 들이미는 피월려의 모습을 보고도 믿을 수가 없었다.

피월려는 신체의 마기를 모아 다리에 담아서 한 번에 도약한 것이다. 한 번에 모든 마기를 소진하니 진이 다 빠질 지경이었지만, 피월려는 겉으로 전혀 내색하지 않으며 허풍을 떨었다.

"이제 내 말이 사실인 줄 알겠어?"

장거주의 정실은 손으로 입을 가리며 경악 어린 목소리로 대답했다.

"아, 알겠어요."

"천마신교의 후환이 두렵거든 다른 생각하지 마. 잔머리는 다 집어치우고, 두 개만 머릿속에 집어넣어. 지부주를 넘기고 살 건지, 아니면 비밀을 지키고 죽을 건지."

"……"

"다시 말하지만, 이건 아주 간단한 문제야."

그녀는 잠시 숨을 고르더니 말했다.

"한 가지만 약속해 줘요."

"뭘?"

"지부주만 넘긴다면, 천마신교는 이번 일로 발생한 모든 하오문과의 은원을 깨끗이 잊겠다고."

"좋아."

"서문에 가시면 포목점이 있어요. 붉은 천만 취급하는……."

피월려는 말을 잘랐다.

"이미 갔다 왔어. 노인 한 명을 생포했지. 근데 얼굴이 다르더군."

"하남성 지부주는 인피면구(人皮面具)의 대가예요. 단 하루도 같은 얼굴로 생활하지 않아요."

인피면구는 죽은 사람의 얼굴 피부를 그대로 들어내서 만든 가면으로, 무림에서도 만들 수 있는 자가 극히 적은 희귀한 것이다. 얼굴에 착용했을 경우 마치 그 사람의 얼굴처럼 변하기 때문에, 다른 사람으로 위장할 수 있는 좋은 도구로 잘 사용되어진다.

피월려의 눈썹이 기이하게 꺾였다.

"오호라? 그래?"

"네."

피월려는 악마 같은 미소를 입가에 그려 보였다.

"그거면 됐어."

　　　　*　　　　　*　　　　　*

　피월려가 서화능의 방에 들이닥쳤을 때는, 그가 방을 박차고 나간 지 채 한 시진도 지나지 않은 시간이었다.

　쿵!

　전신에 마기를 휘감은 피월려는 한 손으로 질질 끌고 온 하오문 지부주를 중앙에 내동댕이쳤다. 주하의 점혈 수법으로 그는 움직이기는커녕 한마디 비명조차 지르지 못하고 바닥을 거칠게 구르며 소리 없이 고통을 참아내야 했다.

　그 노인의 얼굴은 삼분지 이 정도 찢어져 있었는데, 찢긴 부분에는 완전히 다른 인상의 얼굴이 자리 잡고 있었다. 나비 날개같이 아주 얇고 세세한 털조차 남아 있는 정교한 인피면구다 보니까, 찢어졌어도 나머지 형태를 그대로 유지하여 마치 두 얼굴이 같이 있는 것처럼 보였다.

　어느새 미내로와 지화추까지 자리한 방 그 중앙에, 서화능에게 약속했던 인물을 집어 던짐으로 자신의 능력을 보여준 피월려에게는 득의양양한 기세도 거만한 표정도 없었다. 오히려 아무런 일도 해내지 못한 듯한 굳은 표정과 대화를 거부하는 차디찬 기세가 풍길 뿐이었다.

　좌중은 너무나도 갑작스러운 일에 피월려와 지부주를 번갈아 쳐다보며 사태를 이해하기 위해서 힘썼다. 그러나 서화능은 하오문 지부주에게는 관심이 전혀 없는 듯 오로지 피월려에게만 시선을 고정하고 있었다.

피월려의 감정 없는 눈동자가 서화능의 시선을 받았다.

"이자입니다."

서화능의 눈썹이 꿈틀거렸다.

"이자가 하오문 지부주란 말이냐?"

"그렇습니다."

서화능은 말없이 피월려를 응시했다.

피월려의 눈빛은 한 치의 거짓도 말하지 않았다. 게다가 지금 이 자리에서 거짓을 말할 정도로 멍청한 자도 아니다. 아무나 잡아서 던져놓고 하오문 지부주라 허세를 부릴 만한 자가 아니다.

그러나 그냥 믿어버리기에는 너무 석연찮다. 낙양에 존재하는 천마신교 마조대가 어디 하류 잡배들의 정보 집단인가? 개개인이 살수로 둔갑해도 전혀 하자가 없을 정도의 암공을 익힌 괴물들이다. 그들도 지금껏 노력해서 얻은 최선의 답이 보름의 말미를 달라는 것이었다. 그런데 정보와 아무런 관련도 없는 일대원인 피월려가 어떻게 지부주를, 그것도 한 시진 만에 잡아올 수 있다는 말인가?

서화능은 지화추에게 시선을 돌렸다. 그러나 지화추의 표정을 엿보는 것만으로도 지화추가 얼마나 놀랐는지 알 수 있어, 따로 물을 필요가 없을 듯했다. 그럼에도, 서화능은 확인차 말했다.

"지화추 단장. 그의 말이 사실이오?"

"……."

"지화추 단장."

지화추는 서화능의 재촉에도 쉽게 입을 열지 못했다. 그러다가 결국 참담한 표정을 지으며 고개를 떨어뜨렸다.

"모릅니다."

서화능은 진심으로 분노했다.

"모른다! 지금 모른다고 했소!"

"……."

"진심이시오? 단장! 정보에 관하여 타의 추종을 불허하는 마조대가 일반 대원에게 뒤처진 것도 모자라서 그 정보의 진위 여부조차 확인하지 못한다? 이것이 말이 되오?"

"죄송합니다."

지화추는 사과 외에 할 말이 없었다.

지금까지 천마신교 낙양지부가 낙양에서 하오문의 뿌리를 뽑아내지 못한 이유는 바로 정보의 부재에 있다. 무력으로는 무림방파 중 가장 나약한 하오문이 무력으로는 무림방파 중 가장 강력한 천마신교의 공격을 막을 방법은 전무했고, 정보만 있다면야 피월려 같은 지마급 고수 한 명만 보내도 지부를 쑥대밭으로 만드는 것은 어렵지 않았다.

하지만, 하오문이 어떤 문파인가? 가장 낮은 음지에서 사회를 떠받드는 하 중 하의 인간들이 모여 만든 문파이다. 그들은 범인이 상상할 수도 없는 한(恨)으로 똘똘 뭉쳐 서로의 상처를 감싸는 문파이다.

음지란 곳은 깊고 깊은 곳, 그 끝을 알 수 없는 곳이다. 어느 기녀가, 어느 도둑이, 어느 사기꾼이, 어느 소매치기가, 어느 도박사가 하오문도인지 아닌지 아는 것은 불가능하다. 하오문에는 공통으로 익혀야 하는 무공도 없고, 공동으로 생활하지도 않는다. 자기 삶의 터전에서 들려오는 소문을 정리해 보고만 하면, 그는 곧 하오문도가 되고 그가 서 있는 곳은 곧 하오문의 영역이 된다.

하오문의 지부? 지화추는 애초에 그것이 존재하는지 존재하지 않는지부터 확인해야 했다. 그가 가진 단서는 5일 전, 하오문에서 지부의 원로가 살인을 당했다며 시시비비를 가리고자 방문했던 때인데, 그때 왔던 원로와 지부주는 하루 만에 종적을 감추었다.

지난 5일간의 성과로 일단 지부주가 존재하는 것은 밝혀졌다. 그러나 그가 누구고 어디에 있는지는 그 행방이 너무나도 묘연했다. 정보의 흐름이 한곳으로 흐르기는 하는데, 그것이 어디로 흐르는지 추적하려면 마조대의 능력으로도 보름은 걸릴 것을 예상했다.

그런데 일개 인원인… 그것도 신참 중의 신참인 피월려가 한 시진도 걸리지 않아 알아낸 것도 모자라서 직접 데려오기까지 했다.

마조대의 위상이 땅에 떨어지는 순간이다.

서화능은 지화추의 눈빛에 담긴 복잡한 감정을 읽고는 더는 추궁하지 않기로 했다. 그에게 있어 이미 이런 일이 일어났다는 것 자체가 충분한 고통이었기 때문이다.

서화능은 조금은 부드러워진 목소리로 말했다.

"저자를 데려가서 심문해 보도록 하시오."

"존명."

지화추의 목소리는 별로 힘이 없었다.

피월려는 지화추가 자리에서 일어나기 전에 먼저 말을 꺼냈다.

"저도 방에 돌아가 보고 싶습니다. 허가해 주시겠습니까?"

서화능은 묻고 싶은 것이 많았다. 하지만 자기의 능력을 당당히 증명해 낸 피월려를 모두가 모인 자리에서 다시 추궁하는 것은 바람직하지 못한 일이었다.

서화능은 고개를 끄덕이며 대답했다.

"좋다. 대천마신교의 마인답게 스스로의 능력을 증명했으니 원하는 대로 해라."

"존명."

피월려는 고개를 한 번 끄덕이며 포권을 취하고는 몸을 돌렸다. 그런데 갑자기 방문이 열리며 이대원으로 보이는 여인이 갑자기 들어섰다.

그녀는 무릎을 꿇으며 큰 소리로 외쳤다.

"급보입니다. 지금 막 하오문에서 연락이 왔습니다."

"하오문에서? 뭐라고?"

"관계를 개선하고 싶다 합니다. 십 일 안으로, 하오문주가 직접 방문한다 합니다."

서화능은 인상을 쓰며, 손을 들어 관자놀이를 짚었다. 한동안 침묵을 지키던 그의 굳은 입술이 열리며, 조용하지만 위엄 있는 목소리가 흘러나왔다.

"역시 하오문이야. 빠르기는 빠르군."

그때, 지화추가 재빨리 입을 열었다.

"그렇다면 이자는 지부주가 확실한 듯합니다. 심문하는 것보다는 일단 포로로서 대우해 주며 상황을 지켜보는 것이 좋겠습니다. 성공적인 외교를 이끌 수 있다면, 이자의 신변을 보호하는 것이 더 이익입니다."

"그런가? 다른 이들의 생각은 어떤가?"

피월려는 딱 거기까지만 듣고, 걸음을 옮겨 밖으로 나갔다.

애초에 방으로 돌아가는 것을 허락받았으니, 딱히 남아 있을 이유가 없었고 관심도 없었다. 그는 그렇게 방을 나섰다.

그런데 복도를 걸어가는 와중에 마음이 진정되고 분노가 옅어지자, 마기가 제풀에 못 이겨 들끓기 시작했다. 마치 자기 화를 못 이겨서 뒷목을 잡고 쓰러지는 성난 노인과 같이 조금만 엇나가도 치명적일 정도로 위태위태했다. 가진 모든 마기를 한 번에 무식하게 다리로 쏟아냈으니, 기혈이 들끓는 것이 당연했다.

피월려의 발걸음은 점차 빨라졌다. 시급히 진설린에게 음기를 공급받지 못한다면 이대로 속에서 폭발해 버릴 것만 같았다.

급한 마음과 걱정, 초조함을 표정에 담은 그는 서둘러 방문을 열어젖혔다.

"어? 왕일 아저씨?"

피월려의 앞에는 깜찍한 흑색 궁장을 입은 흑설이 말똥말똥 놀란 눈으로 그를 보며 서 있었다.

"캬오! 캬아오!"

흑설의 품속에서는 작은 여우 한 마리가 간드러진 울음을 토해냈다.

"이제 오세요?"

흑설 뒤로 나삼을 입은 진설린이 그에게 인사했다.

피월려는 순간 뭐가 어떻게 돌아가는 것인지 전혀 이해할
수 없었다.

*　　　　*　　　　*

흑설의 표정은 한없이 밝아졌다.

"왕일 아저씨! 제가 말이죠. 아! 맞다 피월려가 본명이라 했
죠? 그러면 월려 아저씨라 불러야 하나요? 아니면 피 아저씨?
헤헤… 웃기네요. 하여간요."

흑설은 그렇게 긴긴 이야기를 시작했다. 도대체 하루 만에
뭐 그리 많은 일이 있었는지, 재잘거리는 흑설의 입은 터진 둑
처럼 멈출 줄을 몰랐다. 그러나 그녀의 이야기는 하나도 피월
려의 귀에 들어오지 않았다. 상황 파악도 되지 않을뿐더러, 마
기의 안정이 시급했기 때문이다.

피월려는 지글지글거리는 마기를 달래면서 주하를 찾았다.

"주 소저, 혹시 계시오?"

흑설은 피월려가 자기 이야기를 듣지 않는다는 것을 눈치채
지 못하고 손짓까지 섞어가며 더욱 열을 내었다. 그녀의 품속
에 있던 작은 여우는 갑자기 흑설이 놓는 바람에, 놀랜 소리
를 내며 높게 뛰더니 바닥에 깔린 인형 중 하나에 안착했다.

주하는 흑설의 뒤에 나타났다.

"무슨 일이시죠?"

흑설은 갑자기 뒤에서 들리는 주하의 목소리에 깜짝 놀라면서 주저앉았다. 그러고는 뒤를 돌아보더니 경악하는 표정을 지으며 왼손으로 입을 막았다.

피월려는 좋지 않은 안색을 내비치며 부탁했다.

"마기의 안정이 시급하오. 잠시 흑설을 부탁할 수 있겠소?"

주하는 그 말의 의미를 바로 눈치챘다. 마기의 안정이란 곧 진설린과의 음양합일을 뜻하는 것인데, 어린 흑설이 앞에 있으니 난감해하는 것이다.

"아. 알았습니다."

그 말이 떨어지기 무섭게 주하의 신형이 흐릿해졌다. 흑설은 그것을 보고는 더는 벌릴 수 없을 정도로 입을 크게 벌렸다.

"우와……"

그러나 흑설은 주하의 신형이 자기 뒤에서 선명해지고 있다는 점은 알지 못했다. 흑설의 시야에서 안개처럼 사라지며, 흑설의 뒤에서 그 모습이 완전히 나타난 주하는 손날을 들어 흑설의 뒷목을 강하게 내려쳤다.

털썩.

흑설은 자기가 의식을 잃어버렸다는 것도 인식하지 못한 채 정신을 잃고 인형 위에 너부러졌다. 워낙 순식간에 일어난 일이라, 진설린도 피월려도 딱히 뭐라 할 수 없었다.

임무 하나를 손쉽게 해결한 것 같은 뿌듯함이 주하의 눈빛에서 흘러나왔다.

"됐습니다."

피월려는 애써 미소를 지으며 말했다.

"아하하… 그… 뭐, 조금 격하지만, 조, 좋소."

그러나 피월려와 다르게 진설린은 자신의 감정을 숨기지 않았다.

"주하라고 했나요? 여인으로서 너무 과격하시네요. 꼭 그런 방법을 써야 했나요? 그냥 데리고 나가면 되는 것을……."

불쾌할 만도 하건만, 주하는 무표정하게 읊조렸다.

"가장 효과적인 방법을 선택한 것뿐입니다. 그러면 과격하지 않으신 진 소저께서는 과격하지 않은 피 공자와 과격하지 않은 시간을 보내십시오."

차분한 목소리였으나, 묘하게 자극하는 말이었다. 진설린은 눈을 치켜뜨고는 주하를 보았고, 주하는 한쪽 입꼬리를 보일 듯 말듯 올리더니 다시 안개처럼 사라져 버렸다.

진설린은 아랫입술을 지그시 깨물며 주하가 있던 곳을 한동안 매서운 눈초리로 응시했다. 그러더니 곧 피월려에게 고개를 돌리며 앙칼지게 말했다.

"거기 서서 뭐 하세요? 마기의 안정이 시급하다면서요?"

그 순간, 피월려는 마기의 위험성보다 진설린의 위험성이 더 크다고 판단, 움직이지 않으려 했다. 그러나 정적의 시간이 길어지면 길어질수록 점점 올라가는 진설린의 눈초리에, 피월려는 서둘러 그녀에게 다가갔다.

그런데 피월려가 반쯤 가기도 전에 진설린이 먼저 그를 덮쳤다.

"으, 읍!"

갑자기 들이닥친 진설린의 입맞춤을 시작으로 한바탕 폭풍이 몰아쳤다. 그런데 진설린이 평소답지 않게 지나칠 정도로 적극적으로 몰아붙여 피월려가 녹초가 될 때까지 놔주지 않았다.

피월려는 행복했고 동시에 괴로웠다.

그렇게 시간은 흘렀다.

마기도 가라앉았고 몸도 곤해진 피월려는 지친 기색으로 침상 위에 벌러덩 누웠다. 그러고는 슬쩍 고개를 숙여 품에 고이 누워 있는 진설린의 안색을 살폈는데, 그녀의 눈에 담긴 분노는 처음보다 커졌으면 커졌지, 조금도 수그러들지 않았다.

그녀는 손까지 입으로 가져와 손톱을 깨물고 있었다.

"괜찮소?"

피월려는 부드러운 목소리로 말하면서 왼손을 들어 그녀의 머리를 쓰다듬으려 했다. 그러나 진설린은 그 손이 머리에 닿기도 전에 툭 하고 쳐내 버렸다.

당황한 피월려에게 진설린은 다소 낮은 음성으로 질문했다.

"나, 뭐 하나만 물어봐도 돼요?"

싫다고 말하고 싶은 마음이 굴뚝같으나, 그런 말을 했다가는 무슨 사달이 일어날지 알 수 없었다.

피월려는 미미한 공포까지 느끼며 대답했다.

"무, 물어보시오."

진설린은 갑자기 홱 하고 돌아눕더니 엎드린 자세로 피월려를 내려다보았다. 사슴처럼 큰 두 눈망울을 감싼 진한 속눈썹이 수줍게 늘어진 것이 한 폭의 포근한 그림을 보는 듯했으나, 속에 감춰진 노기는 그 모든 것을 덮었다.

피월려는 저절로 흘러나오는 침음을 속으로 삼키며 최대한 표정의 변화를 자제했다. 그러나 그의 눈과 입 끝이 미세하게 떨리는 것까지 막는 것은 불가능했다.

진설린은 입술을 삐죽이며 한동안 피월려의 표정을 자세히 관찰했고, 피월려는 시간이 지나면 지날수록 등 뒤에서 더 많은 식은땀을 나오는 것을 느꼈다.

이윽고 진설린의 입에서 엄명이 떨어졌다.

"주 소저랑 무슨 관계인지 말해요."

피월려는 그녀의 불타는 시선을 회피하며 말했다.

"지, 질문을 한다고 하지 않았소?"

진설린은 주먹을 살짝 쥐고 앙탈을 부리듯, 콩 하고 피월려의 가슴을 때렸다. 그러나 피월려가 느낀 충격은 절대로 콩으로 표현할 수 있는 수준이 아니었다.

"좋아요! 질문하죠! 주 소저하고 관계가 어떻게 되세요?"

피월려는 자기도 모르게 입맛을 다셨다.

"그, 뭐냐… 저, 그녀의 말을 빌리면 감시자와 감시 대상이라 했소."

"감시자와 감시 대상이요?"

"뭐, 그렇소."

진설린은 믿지 않았다.

"근데 왜 말을 더듬거려요?"

"그, 그거야 진 소저가 자꾸 추궁을 하듯 말하니까 그런 것 아니오?"

"제가 무슨 추궁을 한다고 그러세요? 그냥 물어보는 건데요? 왜 추궁을 한다고 생각하시죠? 뭔가 숨기는 게 있으니까 그렇게 생각하시는 거 아닌가요?"

명궁이 연사하는 화살처럼 쏘아진 진설린의 질문에 피월려는 정신을 차릴 수가 없었다.

"주하와는 진 소저가 염려하는 그런 것이 아니니 오해하지 마시오."

"주하요? 진 소저요? 왜 주 소저는 본명이고 나는 소저인가요?"

"아, 아니… 그니까."

"린 매!"

갑자기 크게 소리친 진설린의 목소리에 피월려는 정신이 멍해진 것 같았다. 진설린은 어린아이가 가질 만한 치기 어린 눈빛으로 피월려를 노려보았다.

피월려는 떨리는 목소리로 속삭이듯 말했다.

"가, 갑자기 왜 소리를 지르고 그러시오, 진 소……."

쿵!

진설린은 다시 한번 주먹으로 피월려의 가슴을 내려치더니 또다시 소리쳤다.

"린 매!"

"리, 린 매?"

"린 매라고 부르세요."

"……."

"부르세요."

부드러웠지만 한없이 강압적이었다. 일이 더 커지는 것이 싫었던 피월려는 순순히 그녀의 명을 받들었다.

"알았소. 이제부터 린 매라 부르겠소."

진설린은 흥 하고 콧소리를 냈지만, 표정은 만족한 듯 보였다. 그녀는 한 손으로 앞머리를 살짝 쓸면서 언제 그랬냐는 듯이 하늘 높은 도도함으로 똘똘 무장한 채 피월려에게서 시선을 거두었다.

"알았어요. 정 피 공자가 그러시겠다면 저도 이제부터 월랑이라 불러줄게요."

"그럴 필요까지… 는 물론 있소… 하하하. 그, 그런데 이미 전에 한 번 그렇게 부르… 지는 않았겠지. 무, 물론이요. 아하하."

진설린의 눈빛에서 순간적으로 엿보인 두 번의 살기는 절정 고수의 절초와도 같이 번개처럼 나타났다 사라졌다. 두 번의 위기를 잘 넘긴 피월려는 떨리는 손길을 최대한 진정시키면서 짐짓 모르는 척 진설린의 머리를 쓰다듬었다.

이번에는 그의 손길을 거부하지 않았다.

그런데 그때, 방 한쪽에서 작은 신음이 들려왔다.

"으으으… 월려 아저씨?"

진설린의 큰 고함을 듣고 흑설이 잠에서 깨어난 것이다.

캬룽!

여우는 울음을 토해내며 흑설의 어깨 위로 올라섰다.

갑자기 급해진 피월려와 진설린은 흑설이 눈을 모두 뜨기도 전에 서둘러 옷가지를 잡아매며 후다닥 옷을 입었다. 그러나 헝클어진 머리나 엉망이 된 침상은 어떻게 할 길이 없었다.

흑설은 껌벅이며 두어 번 정도를 진설린과 피월려를 훑어보더니 이내 하품을 하며 말했다.

"하아암, 둘이 같이 잤어요?"

"……."

"……."

"근데, 왜 난 기절한 거죠?"

"……."

"……."

"왜들 그렇게 봐요?"

"아, 아니야. 네 출신을 잠시 잊었다."

"……."

진설린은 해명을 구하는 눈빛으로 피월려를 보았고, 피월려는 어깨를 들썩일 뿐이었다.

때가 되자 피월려와 진설린, 그리고 흑설은 시녀가 가져온 음식으로 다 같이 식사했다. 피월려는 지금까지 그 시녀를 단한 번도 보지 못했었는데, 진설린은 자기가 강시가 되고 난 뒤부터 천마신교에서 보낸 시비라고 했다. 겉만 놓고 보면 무공을 익힌 느낌은 전혀 없는 평범한 소녀와 같았다.

셋이서 함께 음식을 먹는데도, 그들의 식탁 위로는 아무런 대화도 오가지 않았다. 누가 보면 냉담한 분위기가 감도는 것 같다고 생각할지 모른다. 하지만, 세 명의 생각은 그것과는 정반대였다.

피월려도 진설린도 흑설도, 화가 났거나 기분이 상한 것이 아니었다. 그들은 그저 이런 가족 같은 분위기가 너무 어색할 뿐이었다. 12살 이후로는 낭인 생활을 했던 피월려도, 태어날 때부터 방 안에 갇혀서 홀로 식사하던 진설린도, 제대로 된 가정을 가져본 적도 없는 흑설도… 그들은 자기의 젓가락 외에 다른 젓가락이 밥상 위로 움직이는 것을 본 적이 없었다.

피월려는 젓가락을 살며시 내려놓았고, 진설린도 흑설도 이내 내려놓았다. 그 누구도 말은 하지 않았으나, 그들의 마음은 서로 통했다.

"크흠… 난 잠시 밖에 나가보겠소."

"아, 네. 그러세요."

피월려는 입가를 조용히 닦고 방문을 나섰다. 그 모습을 물끄러미 바라보던 흑설은 입술을 몇 번 빨더니 다시 젓가락을 들었다.

"언니는 안 먹어요?"

"글쎄… 별로……."

강시의 몸은 그리 많은 영양분이 필요하지 않았다. 진설린은 지금껏 먹은 양으로도 충분했기에, 무심코 거절하려 했다. 하지만, 진설린은 흑설의 마음을 이해했기에 다시 미소를 지으면서 말을 바꿨다.

"아니야. 나도 더 먹을래."

순간적으로 풀이 죽었던 흑설의 표정이 환하게 변했다. 그녀는 고개를 끄덕이며 대답했다.

"응!"

다시 식탁에는 대화의 꽃이 활짝 피었다.

제십구장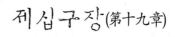(第十九章)

피월려는 지화추 단장을 찾아갔다.

욕실보다도 작았던 그 방은 문이 활짝 열려 있었다. 지화추는 피월려의 발걸음 소리를 듣고 자신의 일을 멈췄다.

앞에 나타난 피월려의 모습은 가관이었다. 진흙으로 버무린 듯한 머리카락과 새빨갛게 충혈된 눈을 보면 상당히 곤욕을 치렀다는 걸 알았다. 곧장 의문이 떠올랐지만, 지화추는 막 생겨난 관심을 뿌리부터 뽑아버리곤 시큰둥하게 물었다.

"어쩐 일이시오?"

피월려가 되물었다.

"안색이 별로 좋지 않으시오? 괜찮소?"

사실 지화추의 몰골도 별반 다르지 않았다. 그가 얼굴을 찌푸리자 더욱 피곤이 도드라져 보였다.

피월려는 서화능의 면전에서 마조대의 위상을 땅으로 떨어뜨렸다. 게다가 지화추가 지금 하는 일은 다름 아닌 피월려가 잡아온 하오문 지부주에 관한 일이었다. 피월려의 뒤처리를 그가 맡아서 하고 있으니, 당연히 곱게 보일 리가 없었다.

"신경 쓰지 마시고 용무나 말씀하시오."

피월려는 지화추의 짜증이 자신을 향해 있다는 것을 감지했다. 그의 기분을 풀어주는 가장 좋은 방법은 바로 눈앞에서 사라져 주는 것일 테니, 무슨 말을 한다 한들 별로 효과가 없을 것이다.

"내 한 가지 물어보려고 왔소."

지화추는 딱 잘라 말했다.

"피 대원에게 전해야 할 정보는 없소."

"그게 아니라 개인적으로 부탁하는 것이오."

"마조대에 정보를 공유하지 않은 피 대원에게 왜 마조대가 정보를 알려줘야 하오? 그것도 개인적으로 말이오?"

지화추는 불만을 은근히 드러냈다. 만약 피월려가 단독 행동을 하지 않고 그에게 정보를 전해주었다면 지화추가 전과 같은 질책을 들을 일은 없었을 것이다.

물론, 피월려는 보고해야 할 의무가 없다. 그가 그의 손으로 손수 얻은 정보이니 그것을 이용하여 자기의 공을 쌓는 것에 대해서 뭐라 할 수 있는 사람은 없었다. 지화추도 그것을 비난하지 않는다. 지화추가 묻는 것은 인제 와서 피월려가 마조대에게 개인적으로 무슨 부탁을 할 염치가 있느냐는 것이다. 엄밀히 말하면, 마조대 또한 피월려를 도와줄 의무가 없기 때문이다.

　　피월려는 그 부분을 확실히 하지 않으면 지화추와의 관계가 이대로 틀어질 것임을 깨달았다. 지화추를 잃으면 마조대를 잃는 것이고, 마조대를 잃으면 정보를 잃는 것이다. 그리고 정보는 생명이다.

　　피월려는 나지막하게 설명했다.

　　"솔직히 말하겠소. 일단 그 정보는 그리 확실한 정보가 아니었소. 살막에서 나를 포획했을 때, 포획자들이 중얼거렸던 여러 사실을 조합해서 대충 짜 맞춘 것뿐이지, 누구의 입에서 확실히 들은 것이 아니기 때문이오. 게다가 지금 나는 천마신교 낙양지부에 입교한 지 얼마 되지 않았고, 이곳이 녹록한 곳이 아니라는 것을 깨달았소. 단 한 번이라도, 완전히 내 능력만으로 무언가 해낼 수 있다는 것을 지부장께 증명하지 못한다면, 내 위치가 불안해진다는 그런 걱정이 머릿속에서 한시도 떠나가지 않았소. 하오문과의 일은 철저한 계산 아래에서 내 득실을 따져가며 했던 행동이 아니라 빚에 쫓겨서 일획천금의 기회를 노리고 도박한 처절한 행동이었던 것이오."

피월려는 실제로 그러한 생각을 했고 완전히 꾸며낸 거짓을 이야기한 것이 아니기에, 그의 말에는 어느 정도 진심이 묻어나왔다. 지화추의 표정엔 변화가 없었으나 그의 눈빛에 담긴 경계심은 어느 정도 누그러져 있었다.

지화추는 시선을 앞에 있는 서류로 옮기면서 툭 하니 내뱉듯 말했다.

"역시 외부 인사라 그런지 천마신교를 잘 모르는 것 같소. 제일대에 입교할 정도의 고수가 지마에도 오르지 못한 나에게 그리 변명하는 것은 별로 좋은 광경이 아니오. 힘의 율법이 지배하는 본 교 내에서, 나보다 고수인 피 대원께서 내게 이러실 필요 없소. 어쨌건 부탁이 무엇이오?"

피월려는 설마 지화추가 말 몇 마디로 그냥 기분을 풀어버릴지 몰랐다. 지화추는 외모로 보이는 것보다는 훨씬 남자다운 면모를 가지고 있었다.

피월려가 말했다.

"그리 말하니 고맙소. 내 질문은 우선적으로 흑설에 관한 이야기이오."

"흑설? 들어본 것 같은데 누구이오?"

"내가 입교를 추천한 여자아이오. 천살성이 의심되었소."

"아아… 기억났소. 천살가의 인물이 와서 검증해야 확실해지겠지만, 일단 지부의 인력으로 판단했을 때, 그 소녀는 아직 완전한 천살성이 아니라는 판단을 내렸소. 아직 나이가 어리기 때문에 얼마든지 변할 수 있을 테니 말이오. 혹시 동물 한 마리가 같이 있지 않았소?"

"작은 여우였소만."

"여우? 개가 아니고? 특이하군. 뭐, 하여간 동물을 기르면서 지속적인 교감을 통해 배덕성을 어느 정도 지워낼 수 있다면 천살성이 아니겠지. 하지만, 그런 노력에도 변하지 않는다면 그 성정은 선천적인 것이고 따라서 천살성이라는 의미가 될 것이오. 천살가에 연락을 했으니, 곧 천살가에서 인물을 보내올 것이오. 그들이 확인해 보겠지."

피월려는 천마신교에서 상관도 없는 어린 여자아이를 위해서 과할 정도로 신경을 써줬다고 생각했다. 막 입교한 그는 죽든 말든 별로 상관하지 않던 천마신교의 태도를 생각하면 이 정도는 격이 다른 처사인 것이다.

피월려가 말했다.

"내 생각보다 신경을 많이 써주셨소. 본 교에 천살성이 그리 중요한 것이오?"

지화추는 입가에 의미를 알 수 없는 미소를 그렸다.

"본 교의 천마오가 중 하나인 천살가가 가장 중요하게 생각하는 것이 무엇인 줄 아오? 바로 천살성을 찾는 일이오. 천살가의 명맥을 유지하는 일이니 어찌 보면 당연하지. 전원이 천살성인 천살가에 밉보이고 싶은 마인은 아무도 없소."

피월려는 흑설이 그와 다른 취급을 받는 것에 대해서 이제 좀 이해가 갔다. 또한 주하가 그런 부분을 언급한 것도 기억했다.

천살성이 부럽기는 또 처음이다.

피월려는 고개를 끄덕이며 말했다.

"그렇소? 아, 그리고 한 가지 더. 그 아이가 있는 동안에는 방이 하나가 더 있어야 할 듯한데……"

자유로운 음양합일을 위해서는 흑설의 방을 따로 둘 필요가 있었다. 그러나 지화추는 피월려의 질문을 이해하지 못한 듯한 표정을 지었다.

"방이 하나 필요하면 붙이시면 되지 왜 마조대에 이야기하는 것이오?"

이번에는 피월려가 이해하지 못했다.

"붙인다는 말은 무슨 뜻이오?"

"말 그대로의 의미이오. 지부 건물의 구조는 제이대에서 다루는 문제이니 그들에게 이야기하는 것이 옳다 생각하오만."

"아, 그렇소? 알겠소."

피월려는 고개를 끄덕이며 포권을 취했다. 지화추도 눈을 맞추면서 포권을 살짝 취하고는 곧 일에 몰두했다.

＊　　　　＊　　　　＊

이틀이 지났다.

주하가 벽 한쪽을 가리고 있던 검은 천을 내리자, 벽이 있어야만 하는 그곳에 반쯤 열린 문 하나가 생겨났다. 마치 신선이 도술을 쓴 것 같았다.

"우와……."

감탄사는 흑설의 입에서만 나왔으나, 같이 보고 있던 피월려도 진설린도 표정으로는 그보다 더한 감탄을 표현했다. 세 명이 함께 입을 쩌억 벌리는 모습을 슬쩍 돌아본 주하가 말했다.

"됐습니다."

제일 먼저 움직인 것은 흑설이었다. 처음으로 자신의 방이 생긴 것이니, 가장 먼저 구경하고 싶었던 것이다. 아무런 가구도 없는 넓이 1장, 길이 2장의 작은 공간이었으나 마치 보물이라도 가득 쌓여 있는 것처럼 흑설의 눈에는 반짝이는 밝은 빛이 흘렀다.

흑설은 두 손을 모으며 물었다.

"이제 여기가 내 방인 거예요?"

주하는 고개를 끄덕였고, 흑설은 듣기 좋은 웃음을 터뜨렸다. 흑설의 어깨에 있던 여우도 흑설의 기분을 읽었는지, 크르릉거리며 화답해 주었다.

피월려는 그 모습을 보며 흐뭇한 미소를 지었다. 그는 흑설에게 시선을 고정한 채, 주하에게 물었다.

"이곳은 정말로 신비한 곳이오. 이틀 만에 방 하나를 떡하니 덧붙여 버리다니, 이것이 어찌 가능한 것이오?"

지화추와 피월려의 대화를 들었던 주하는 이틀 동안 방 하나를 만들겠다고 피월려에게 말했다. 피월려는 그 말을 전혀 믿지 않았는데, 이처럼 눈앞에 작은 방 하나가 나타나니 그 원리를 묻지 않을 수 없었다.

주하는 어깨를 들썩이며 무표정으로 일관했다.

"원리는 모릅니다. 제이대는 그저 이 진법을 사용하는 방법을 알 뿐입니다."

"이곳을 건설한 사람은 누구이오? 평생 듣도 보도 못한 진법으로 이토록 큰 건축물을 건설한 사람이라면 유명 인사가 아니겠소?"

주하는 고개를 흔들었다.

"그에 관한 정보도 없습니다. 단지 추측하기에는, 낙양의 도시 지하에 건설한 것을 보아 낙양이 대도시가 되기 전에 건설된 아주 오래된 곳이라는 점입니다. 아마도 낙양을 수도로 삼

왔던 환나라의 유물이 아닌가 합니다만, 그보다도 더 오래된 유물이 발견되기도 했습니다."

피월려는 턱을 괴었다.

"삼백 년 전, 환나라의 황제가 있던 이곳에서 전란의 시대가 시작되었소. 그때, 불바다가 된 낙양이 대도시로써 제 기능을 하기 시작한 것은 이제 막 백 년 남짓… 황궁이 있던 터는 이제 태수전(太守殿)으로 바뀌지 않았소?"

"그렇습니다. 멸망했던 궁의 터를 복원했기에, 다른 도시의 태수전보다 그 크기가 압도적으로 커서 중원에서는 두 번째 황궁이라 칭하지 않습니까?"

"그렇소. 그런데 그런 건축 아래에 이 천마신교 낙양지부가 있다? 이거 참, 본 교의 뿌리가 얼마나 깊은지, 다시 한번 깨닫게 되었소."

"본 교의 숙원인 무림대통일이라는 열매를 얻으려면 그 뿌리가 깊어야 하는 것은 당연합니다."

"뭐, 그렇겠소."

피월려의 생각에는 무림대통일이란 역사상 단 한 번도 일어난 적이 없는 몽상가들의 헛된 바람일 뿐이었다. 아무리 천마신교가 강력한 집단이라고 하나, 무림 전체를 상대할 수는 없다. 그래서인지, 피월려는 주하의 진지한 어조에 겉으로만 공감해 주었다.

그때, 진설린 또한 흑설을 따라 그 방으로 들어갔다. 그녀는 이리저리 둘러보면서 손가락으로 공간을 재며 말했다.

"그럼 이젠 가구만 들여놓으면 되겠네요. 침상하고 옷장하고… 흠, 그냥 집에서 몇 개 가져다 달라고 할까?"

피월려는 안 그래도 비참해질 대로 비참해진 진파굉을 놀리고 싶은 생각은 없었다. 집안을 반토막 낸 조카가 마치 밖에서 잠깐 놀다 돌아온 소녀처럼 집에 쳐들어와서는 이 가구, 저 가구를 달라고 요구하는 모습만 그려보아도 진파굉이 불쌍해질 지경이다.

"그냥 새로 사는 것이 좋을 듯하오. 낙양 구경도 할 겸 가구도 살 겸, 흑설과 함께 나가는 것이 좋지 않겠소?"

"우음… 그게 좋겠네요. 흑설아? 언니랑 밖에 안 나갈래?"

흑설은 미소를 지으며 진설린의 손을 꼭 붙잡고는 고개를 여러 번이나 끄덕였다.

"웅! 웅! 나갈래!"

"그래, 그래."

머리를 한 번 쓰다듬은 진설린은 피월려를 보았다. 그 눈빛에서 같이 가자는 의미를 느낀 피월려는 고개를 살짝 돌리는 것으로 거부 의사를 밝혔다.

"주소군과 약속이 있소."

진설린은 입술을 삐죽였다.

"또요? 왜 만날 소군 오라버니랑만 놀아요?"

"노는 것이 아니라, 무공을 익히는 것이오."

"월랑한테는 그게 노는 거잖아요?"

"……."

피월려는 딱히 대꾸할 말을 찾을 수가 없었다. 그는 무공을 익히는 것 외에 다른 취미가 없었기 때문이다.

"알았어요. 전 그럼 지금 나가볼게요."

"늦지 않도록 하시오."

"……."

진설린은 말과 다르게 자리에서 우두커니 서서 움직이지 않았다. 입술을 오므리고는 무언가 기다리는 듯이 팔짱을 껴 보았다. 한동안 그 이상한 행동의 의미를 파악하지 못했던 피월려는 머릿속에 번쩍하는 것이 있었다.

"아… 잘 다녀오시오, 린 매."

사뭇 차가웠던 그녀의 표정이 갑자기 투명한 물처럼 맑아졌다.

"네! 월랑! 월랑도 조심해요!"

얼굴 전체에 미소를 머금은 진설린은 산뜻한 발걸음으로 흑설을 데리고 밖으로 나갔다. 그 모습을 물끄러미 바라보던 주하는 진설린의 모습이 밖으로 사라지자 들릴 듯 말 듯한 코웃음을 쳤다.

"참 귀찮으시겠습니다."

"……."

피월려는 긍정도 부정도 하지 않고 침묵을 지켰다. 그는 피곤한지 침대로 걸어가서 몸을 뉘었다. 그가 옆에 수북이 쌓인 비급 중 하나를 꺼내려는데, 주하는 그의 옆으로 걸어와 품속에서 낡은 책자를 꺼내 들었다.

"말씀하신 것입니다."

"아! 구했소?"

"다행히 지부에 필사본을 가지고 있던 자가 있었습니다."

"그것참 다행이오. 그것이 가장 중요한 부분이니 말이오."

주하는 속으로 고개를 갸웃했다.

그녀가 들고 있는 비급의 이름은 옥녀신경(玉女身經). 그것은 무공비급도 아니고 단순히 여자의 몸을 가꿔주는 비결을 담은 미용서였다. 어느 도시 아무 책방에 들러도 싼값에 살 수 있을 만큼 흔한 것이기에, 주하는 피월려가 그것을 중요하다고 한 것을 이해할 수 없었다.

그녀가 물었다.

"어째서 옥녀신경이 중요한 것입니까?"

피월려는 보물 지도라도 탐색하는 듯이, 옥녀신경을 빠르게 펼치면서 그녀의 말에 대답했다.

"내가 하오문 지부장을 납치한 그 공으로 요구한 이 마공들이 전부 여인이 익히는 것이라는 것은 잘 알 것이오."

그것은 피월려가 홀로 해낸 일이기 때문에 더욱 그 공이 그에게만 집중되었다. 그는 그 공을 돈이나 최고급 마공으로 요구하는 대신에, 온갖 잡다한 하급 마공 여러 권을 요구했다. 그 마공들은 모조리 여인이 익히는 것이라는 공통점이 있었다.

그것들을 직접 조달한 주하는 피월려가 흑설에게 무공을 직접 가르치고자 한 것으로 생각했었다.

"흑설에게 무공을 가르치고자 하심이 아닙니까?"

"맞소. 나는 여인이 익히는 무공은 잘 모르는지라, 여인이 익히는 다양한 무공을 볼 필요가 있소. 그러나 흑설은 아직 천살가에 입양된 것이 아니오. 따라서 내가 아무런 마공이나 먼저 가르쳐 역혈지체를 이루게 할 수 없소. 천살가의 특별한 무공을 익히려면 그들만의 특별한 마공이 필요할 테니 말이오."

"그 말이 맞는 듯합니다. 그런데 옥녀신경이 어째서……."

주하는 말끝을 흐렸고, 피월려는 눈으로 끊임없이 옥녀신경을 탐독하며 말을 이었다.

"내가 경험한 바로는, 무림 전체에서 여자의 비율은 일 할도 채 되지 않소. 그건 남녀의 근본적인 차이 때문에 어쩔 수 없는 결과이오. 그러나 고수의 세계에서는 조금 양상이 달라지오. 고수가 되면 될수록 점차 여성비가 점차 증가하는 것을 느꼈소. 그리고 일류 이상이 되면, 여성에 관한 어떠한 선입견이라도 가지는 것이 중한 실책이 되어 죽음으로 다가올 정도로 남녀의 차이가 옅어지게 되오."

"그거야 무공이 고강해지면, 단점이나 장점이 모두 모여 단순한 특색으로 변하기 때문 아닙니까?"

"그렇소. 몸집이 작거나 근력이 약하다는 식의 단점이 알맞은 무공을 통해서 장점으로 탈바꿈하여 극대화될 수 있소. 그런데 한 가지 또 재밌는 점이 있소. 여자만 놓고 보면 말이오, 하수면 하수일수록 그 몸집이나 골격이 남자에 가까운 사람이 많소. 그러나 고수가 되면 될수록, 그 몸이 다시 여인의 본연의 모습을 가진 자가 많소. 주 소저 본인만 놓고 보아도 어깨가 비이상적으로 넓다든지, 허리가 굵다든지 이런 점이 있소?"

"······."

주하의 몸매는 누가 보아도 여인의 것이었다. 오히려 아름다운 축에 속할 정도로 그 굴곡이 뚜렷했다.

피월려가 말을 이었다.

"남자를 위해서 발전한 무공을 억지로 여자가 익히니 그리되는 것이오. 흑도의 여인들은 좋은 무공을 얻을 기회가 없어 어쩔 수 없이 그것을 익히오. 하지만 백도의 여인들은 구파일

방 중 하나인 아미파의 여고수처럼 여자는 여자에게 맞는 무공을 익히오. 손의 기혈의 모양으로 검을 쓰는 자와 장을 쓰는 자로 나누기도 하는데, 경혈의 위치조차 다른 남녀가 같은 방식의 무공을 익히는 것은 어불성설이오."

주하는 피월려의 말이 조금 이해가 가려 했으나 여전히 조금의 의문이 남았다.

"하지만, 옥녀신경은 미용서입니다. 여인의 몸을 유지한다는 점은 이해가 되지만, 그렇다고 그것이 무공이 되는 것은 아닙니다."

"나는 그 맥락이 같다고 생각하오. 남자가 무공을 수련하면 몸에 근육이 붙어 여인의 눈에 아름답게 변하오. 그것은 그 양의 기운이 충만하여 그리되는 것이오. 따라서 여인의 몸에 가장 올바른 무공을 익힌다면 음의 기운이 충만하여 남자의 눈에 아름답게 변하지 않겠소?"

말만 듣고 보면 조금 억지 같다는 생각이 들었다. 그러나 주하는 피월려가 음양합일을 기본으로 하는 극양혈마공을 익혔다는 것을 알고 있다. 그의 이런 말 뒤에는 극양혈마공에서 얻은 어떤 심득이 숨어 있을 가능성이 컸다.

주하가 고개를 끄덕이며 나지막하게 말했다.

"확실히 일리가 있는 듯합니다."

"알아주니 고맙소."

피월려는 다시 옥녀신경에 눈을 돌렸고, 주하는 사색에 잠겨 피월려의 말을 깊게 곱씹었다.

*   *   *

넓디넓은 연무장을 두 명의 남자가 차지한 지 한 시진이 흘렀다.

"하아……."

거친 숨을 토해낸 피월려는 천근같이 무거운 검을 도저히 들고 있을 수 없었다. 무인의 자존심이 손아귀에 잡힌 검의 손잡이를 끝까지 놓지 않게 했지만, 그마저도 유지하는 것에 한계를 느꼈다. 그의 검은 얇은 실에 달린 추처럼 반원을 그리며 땅에 떨어졌다.

쿵.

그의 팔은 후들거렸고, 그의 다리는 떨리고 있었다. 온몸은 땀으로 푹 젖어 있었고, 정신은 혼미하기까지 했다.

그 모습을 처음부터 냉정한 눈길로 지켜봤던 주소군은 자신의 검을 들어 그의 검을 쳐올렸다.

타악!

"자세를 유지하세요."

주소군의 힘으로 다시 공중에 올라간 검은 중력에 의해서 그대로 다시 땅에 떨어졌다. 검이 그 궤적을 그리는 동안 피월려가 한 일이라고는 그저 팔로 밧줄 역할을 한 것뿐이었다.

"크윽."

결국, 자존심도 피로를 꺾을 수는 없었다. 손에서 검을 놓아버린 피월려는 그 검과 함께 땅에 내동댕이쳐졌다.

"하아. 하아……."

땅에 주저앉은 채로 심호흡하는 모습을 보면서 주소군도 검을 내렸다. 주소군은 살포시 미소를 지으면서 그의 앞에 쭈그려 앉았다.

"힘들죠?"

"하아… 검에 내력을 주입하는 것을 쉽게 생각했었는데, 정말로 이리도 힘든지 알지 못했소."

피월려가 내력이 없는 당시에 가장 즐겼던 수법은 바로 상대방이 내력을 끌어 올리는 동안에 생기는 빈틈을 노리는 것이었다. 그는 용안의 힘을 빌려서 상대방의 급소를 찌르며 일격필살 할 때마다 상대방의 어리석음을 비웃었었다.

그러나 지금은 그런 마음이 모두 사라졌다. 막상 배워보니 기를 다루는 것이 얼마나 어려운 것인지 뼈저리게 깨닫게 되었기 때문이다.

주소군은 손목을 튕기며 바닥을 몇 번 토닥이며 말했다.

"지금이라도 그냥 자설귀검공을 배우는 게 좋지 않겠어요?"

피월려는 단호하게 거절했다.

"나는 무형검을 버릴 수 없소."

주소군은 그가 무형검의 고수인 것을 안다. 무형검을 그 정도의 경지까지 익힌 그 노력은 인정한다. 하지만, 무형검의 한계 또한 잘 알기에 안타까운 마음이 앞서는 것이 사실이었다.

"왜 그렇게 무형검에 집착하시죠?"

피월려는 이마에 흐르는 땀을 닦아내었다.

"스승님이 내게 하사한 것이 무형검이며, 그 외의 것은 생각해 본 일이 없소."

"……"

"이해해 주셨으면 하오."

주소군은 한숨을 내쉬었다.

"자설귀검공은 굉장한 검공이에요. 최상급 마공으로, 피월려는 열람할 수 없죠. 12성 대성한 제가 직접 옆에서 지도해 주는 이런 기회는 정말로 흔치 않아요."

"난 배우지 않겠다고 하지 않았소. 단지 검경을 파악하고 싶은 것뿐이오."

피월려의 고집에 주소군은 혀를 내둘렀다.

"그 말이 그 말 아닌가요? 자설귀검공의 비급을 익히지 않고 그 검경만을 익히겠다는 뜻은, 검술을 익히지 않고 검공만을 익히겠다는 의미죠. 몸을 움직이는 방법을 직접적으로 서

술한 검술을 모르는 상태로, 그 기의 흐름을 적은 검공을 어찌 익힐 수 있겠어요? 뼈대가 없이 살만을 취하겠다는 것 아닌가요?"

"엄밀히 말하면, 살이 없이 뼈만 취하겠다는 것이오."

"그것이 정말로 가능하다고 생각하세요?"

"희대의 기재인 주소군의 도움이라면 가능할 것이오."

주소군은 고개를 돌리며 자리에서 일어나 버렸다. 피월려는 작게 미소를 짓고는 다시 검을 들었다. 주소군은 한숨으로 작은 불만을 표시하고는 그를 보았다.

"좋아요. 다시 해보죠."

피월려는 고개를 살짝 끄덕이고, 검을 들어 정자세를 유지했다. 그는 눈을 살포시 감고 내력을 점차 끌어 올렸다.

주소군은 그의 몸에 흐르는 기류를 자세히 살피면서 나지막하게 중얼거렸다.

"자, 눈앞에 평지를 그리세요. 하늘에서 내리는 보랏빛의 눈을 상상해요. 그 눈은 곧 평지를 모두 뒤엎었고, 보랏빛 세상이 됐습니다."

"……."

"피 형은 그곳에서 눈을 잡습니다. 그 보랏빛 눈은 서서히 피 형의 검이 되어갑니다. 피 형은……."

그렇게 주소군은 자설귀검공에서 얻은 심득을 하나하나 풀어 그에게 설명하면서, 그 기본을 잡아주었다. 피월려는 주소군의 도움을 받아 검에 내력을 담고자 안간힘을 썼다.

일각이 흐르고, 한 시진이 흘렀다.

피월려는 눈썹을 찡그리며 결국 검을 또 놓게 되었다.

"하아… 하아……."

그는 곧 들릴 주소군의 잔소리를 생각했다. 그러나 아무리 시간이 지나도 주소군의 목소리가 들리지 않았다. 피월려는 고개를 들어 주소군을 보았고, 그는 턱을 괸 상태로 깊은 생각에 빠져 있었다.

"주 형?"

주소군은 피월려의 말을 듣지 못한 듯, 아무런 반응이 없었다. 그는 그렇게 반각을 침묵 속에 있었다.

주소군은 자신의 검을 물끄러미 내려다보았다.

"아마도… 제가 착각한 것 같아요."

"무슨 착각을 말이오?"

"저는 수련의 성과가 없는 이유가 자설귀검공의 형태를 익히지 않고, 그 속에 담긴 검경만을 익히려 하기 때문이라고 생각했어요. 형태가 없으니, 아무것도 담을 수 없다고……."

"……."

멍한 눈길의 주소군은 검에 시선을 고정했다. 주소군의 소매가 조금씩 펄럭이더니, 그의 검이 웅웅거리는 소리를 내기 시작했다. 그가 검에 내력을 주입한 것이다.

"그런데 아니에요. 잘 생각해 보면, 저도 무단전의 내공을 익혔죠. 제가 검에 내력을 주입하는 것도 형태에 담아 기를 흐르게 한 것이 아니라, 정신력으로 기를 움직인 것이죠. 애초에 그런 이점 덕분에 12성 대성에 누구보다 빨리 이를 수 있었어요. 그렇다면 피월려가 검에 내력을 주입하지 못하는 이유가 검형이 없기 때문이라는 생각이 잘못되었다는 것을 알 수 있죠."

피월려는 생각에 집중하는 그에게 조심스럽게 물었다.

"주 형, 주 형은 무형검에 대해서 솔직히 어떻게 생각하시오?"

주소군은 잠시 머뭇거렸으나 곧 진실을 이야기했다.

"한계가 있다 생각해요."

"나는 말이오, 진정한 무형검을 본 적이 있소."

"조진소라는… 피 형의 스승님 말인가요?"

"아니요. 죽은 황룡검주였소."

주소군은 의문을 표했다.

"설마요. 그는 황룡환세검공을 극성으로 익힌 것이 아니었나요?"

"맞소. 하지만, 그의 황룡검에는 황금색의 물결만이 있었을 뿐, 어떠한 형태도 찾을 수 없었소."

"정말인가요?"

"적어도 내가 보기에는 그랬소. 그것을 보면 조화경에 이를 경우, 검의 형태가 사라지는 것이라 생각하오."

"오로지 검공의 심득만이 남아 있다… 이 말이죠?"

"그렇소. 형태란, 깨달음을 얻게 하기 위한 하나의 도구일 뿐이기 때문이오. 진정으로 깨달은 자는 형태를 필요로 하지 않소."

"좋아요. 그것은 이해했어요. 그러나 그렇다고 해서 처음부터 형태가 필요 없는 것은 아니에요. 형태가 없이 깨달음을 얻는 것 자체가 불가능하기 때문에 형태를 만들어놓는 것이 아니던가요?"

피월려는 너털웃음을 터뜨렸다.

"아하하… 아까 주 형이 말씀하지 않으셨소? 형태에 담아기를 흐르게 한 것이 아니라 정신력으로 움직이신다고. 그렇다면 이미 주 형은 형태를 버린 것이 아니요? 형태는 불필요한 것이오."

주소군은 고개를 끄덕였다. 그러나 동의하는 의미보다는 무언가 깨달았다는 의미에서 그런 것이다.

"하지만 말이에요. 저는 무형검을 펼치는 것보다 자설귀검공을 펼치는 것이 훨씬 강해요. 진정으로 형태를 버렸다면, 제가 자설귀검공을 펼치든 무형검을 펼치든 그 강함이 엇비슷해야 하지 않겠어요? 그러니 저는 형태를 버린 것이 아니죠. 피형은 제 말을 전체적으로 오해하셨군요. 제가 무형검에 한계가 있다고 생각하는 이유는, 형태가 필요하기 때문이라서 그리 말한 것이 아니에요."

"그렇다면 무슨 뜻이오?"

"그 수련 방법을 말하는 것이었어요. 피월려는 무형을 유지하기 위해서 검을 자주 바꾸시죠?"

"그렇소."

"그럼 왜 생검이 아닌 사검을 택하셨나요?"

"생검은 신검합일을 추구하기 때문에 하나의 검과 오랫동안 교감해야만 하오. 그러니 사검으로 완전히 검을 지배해야만 했소."

"전 그 부분이 잘못된 것 같아요."

"설명 부탁하오."

주소군은 말로 무언가 표현하기 전에 자신의 검을 검집에 넣고 다시 빼내는 동작을 선보였다. 그 움직임은 군더더기 하나 없이 깨끗했다.

마치 검이 그의 손을 따라다니는 것 같았다.

"이건 수어검(手馭劍)이라는 거예요. 사검이 추구하는 어검술의 경지 중 하나죠. 피월려도 사검을 익히시니 아실 거예요. 손으로 검을 완전히 지배하는 것이죠. 전 이 경지에 이르기 위해서, 이놈 설주(雪侏)하고 얼마나 오랜 시간을 씨름했는지 몰라요. 단도직입적으로 물어볼게요. 피 형은 이 경지에 오르셨나요?"

그때, 설주가 부르르 떨었다. 그 흐름에 시선을 빼앗긴 피월려의 눈빛에는 부러움이 깃들어 있었다.

"오르지 못했소. 내력이 없었으니 어쩔 수 없지 않소?"

"과연 그럴까요? 검이란 그냥 쇳덩이예요. 그것에 사람이 내력을 집어넣는 것은 딱 두 가지 방법밖에 없죠. 첫 번째는 생검! 신검합일로 검과 하나가 됩니다. 그러면 검과 몸의 경계가 없으니 근본적인 문제가 해결되죠. 두 번째는 사검! 어검술로 검을 완전히 지배합니다. 그러면 주입되는 내력을 감히 반항하지 못하고 받아들일 수밖에 없게 되죠. 이 둘의 차이는 분명하나 그 원리는 같아요. 검과 지속적인 연대가 필요하다는 것이죠."

"지속적인 연대라……."

"교감하는 것과 지배하는 것, 그 둘 중 왜 지배가 더 쉽다고 생각하시는 것이죠? 사람을 죽이고자 태어난 쇳덩이를 지배하기가 쉽다고 말할 수 없어요. 한순간, 한순간은 모르죠. 강한 힘을 보여주어서 굴복시킬 수는 있어요. 그러나 이 건방진 쇳덩이는 언제고 다시 고개를 쳐들고 대들죠. 그렇기에 오랜 시간 지속적으로 길들여야 하는 거예요."

"……."

피월려는 주소군의 말에 충격을 받아, 말을 잇지 못했다. 지금껏 믿어왔던 진실이 무너지는 느낌이 든 것이다.

주소군은 아랑곳하지 않고 그의 정신을 계속 두드렸다.

"피 형, 지금 피 형이 검에 내력을 주입하지 못하는 이유는 정신력이나 내력의 문제가 아니에요. 단순하고 단순한 검상(劍想)의 문제예요."

"……."

"새로운 검이 필요하겠네요. 평생을 같이할 만한… 그런 검 말이죠. 오늘은 이만해요. 더 이상은 무의미한 것 같으니까. 내일 봬요."

휘적휘적 걸어가는 주소군의 걸음을 멍하니 바라보는 피월려의 눈빛은 공허하기 짝이 없었다.

그렇게 한 식경이 흘렀다.

피월려는 바닥에 누운 채, 명상했다.

황룡검을 한 번 내려칠 때마다 황룡이 현세에 소환된다. 손을 뻗는 곳에 곧 황룡검이 있고, 황룡은 앞을 가로막는 모든 것을 먼지로 부숴놓는다. 써도 마르지 않는 내력이 전신에 가득 차, 황홀경에 빠져든다.

황룡검주.

조화경에 이른 입신의 고수다.

그의 신위를 직접 보고 난 뒤, 피월려는 환상으로만 생각했던 경지가 실제로 존재한다는 것을 알게 되었다. 신화에서만 거론되던 그 이름들도 사실 옛 시대 조화경의 고수들이 아닐까 하는 생각도 하게 되었다. 그들의 마르지 않는 내력이라면, 말도 되지 않는다고 생각했던 그 업적들을 손쉽게 이룰 수 있기 때문이다.

그런 그들은 항상 이름 있는 무기를 가지고 있다. 그것이 그들 때문에 유명해진 것인지, 혹은 이미 이름이 있는 보검을 그들이 사용했는지, 확실히 알 수 있는 증거는 없다. 하지만 피월려는 전자의 경우가 맞는다고 생각했다. 흑백을 떠나서 고수라면 그를 대표하는 자기만의 무기가 항상 따라다니기 때문이다. 초절정 이상의 수준에 이른 고수 중 그 누구도 피월려처럼 무기를 바꿔가며 사용하는 사람은 없다.

명필은 붓을 가리지 않는다 했던가?

고수는 검을 가리지 않는다 할 수 있을까?

검술의 경지 중 가장 끝에 있는 것을 심검(心劍)이라 한다. 마음이 있는 곳이 곧 검이니, 이는 세상 어느 것도 검으로 만드는 경지라 한다. 하지만, 그렇다면 진파진은 왜 황룡검을 들었는가? 입신의 경지이니, 명필이라면 명필일 터인데, 어째서 붓을 가리는 것인가?

피월려는 무형검을 익히고자 지속적으로 무기를 바꿨다. 하나의 무기에 몸이 젖어드는 것을 방지하고자 함이다. 하지만, 그런 점 때문에, 내력을 주입할 수 없다고 했다. 생소함이 벽이 되는 것이다.

아니다. 생소한 물건에 내력을 집어넣는 것은 무림인이라면 거의 가능하다. 물잔, 식탁, 나뭇가지, 돌멩이 등… 진흙탕 싸움과도 같은 흑도의 일전에서는 온갖 사물이 무기가 된다. 그런 사물을 집어 던질 때는 반드시 내력을 주입하여 그 힘을 강하게 한다. 그 사물은 그날 처음 만나는 생소한 것인데, 어찌하여 내력을 주입할 수 있는가?

"내력을 주입한다. 내력을……."

피월려는 옆에 있던 검을 보았다. 그것은 주소군이 가져온 것으로 오늘 처음 보는 생소한 철검이었다. 피월려는 그것을 집어 들었고, 내력을 담아 기둥에 던졌다.

타— 앙!

기둥에 아무렇게나 부딪친 검이 청명한 소리를 내며 튕겨졌다. 단단한 돌기둥에는 가벼운 철검이 절대 낼 수 없는 큰 흔적이 새겨졌다. 피월려가 검에 담은 내력 때문에, 그 무게가 다섯 배 이상은 증가한 것과 같은 위력을 낸 것이다.

지금은 된다.

피월려는 머리를 부여잡고 고심한 끝에 겨우 그 둘의 차이점을 찾아낼 수 있었다.

"지금 검에 내력을 담을 수 있던 것은 검이 손을 떠났기 때문이다. 말하자면 일회용. 손으로 붙잡은 상태로는 내력이 절대 검에 스며들지 못하고 겉돈다. 그렇다면 손으로 붙잡지 않은 상태로 유지해야 한다?"

무언가 머릿속에서 번쩍거리는 느낌을 받은 피월려는 주소군이 보여주었던 수어검을 생각했다. 손이 이끄는 곳에 검이 따라가는 그 묘한 광경에는, 손과 검이 미세하게 맞닿아 있지 않았다.

"그렇다는 것은… 수어검의 경지에 오르지 못한다면 내력을 주입하는 것이 불가능하다는 것인가? 말도 안 돼!"

이류고수만 돼도 검에 내력을 주입하는 것이 가능하다. 하지만 수어검이란, 절정 중에서도 이르지 못한 자가 수두룩할 정도로 사검의 극도이다. 그러니 수어검을 이뤄야지만, 내력을 주입할 수 있다는 사실은 현실과 맞지 않았다.

하지만, 피월려는 자신의 생각이 맞을 수밖에 없다는 것을 깨달았다. 그는 무형검을 익히는 자, 외공이라는 것이 어떤 것인지는 누구보다도 더 잘 알았다.

외공이란… 아니, 무공이란, 입신에 이른 자들이 그러지 못한 자들을 위해서 준비해 놓은 안배……. 극도의 깨달음으로만 맛볼 수 있는 기(氣)라는 추상적인 것을, 체계적인 방식으로 수립한 하나의 교육법이다.

그러니 원래 이치에는, 수어검에 이르지 못하면 내력을 주입하지 못하는 것이 맞다. 내력을 주입하는 것이 수어검을 이룩하는 것보다 훨씬 어려운 것이기 때문이다. 검을 내 것으로 만들지도 못했는데 어떻게 나의 내력을 나눠줄 수 있다는 말인가? 그것이야말로 어불성설이다.

그러나 지금 세대는 무공이라는 편법으로, 고인의 깨달음을 무의식적으로 훔쳐, 순간순간 검술에 녹여 사용한다. 내력을 주입하는 것에서 멈추지 않고, 검기, 검강……. 그 모든 것이 결국 편법에 지나지 않는 것이다.

백도 안에서도 고지식한 보수주의자들은 검경조차 좌도라 칭한다 했다. 검을 휘두르는 것만이 검술의 기본이며, 검기니 검강이니 하는 것은 결국 부차적이라 말한다.

피월려는 그 마음을 이해할 수 있을 것 같았다.

"결국, 검공의 도움을 받을 수 없는 나는 수어검을 이룩하기 전에는 검에 내력 하나 주입하지 못하는 것이군."

피월려는 참담한 심정이 들었다.

스승님의 가르침에 반하는 행동을 하지 않으면, 몸에 가득한 마기를 검으로 쓰지도 못하는 것이다. 몸의 힘을 강화할 수는 있어도 검의 힘을 강화할 수는 없으니, 이대로라면 차라리 검술을 포기하고 그냥 권을 익히는 것이 더 나을 것 같았다.

"권(拳)? 권이라. 그리고 보면 권사들은 신권합일이니 어권술이니 할 필요가 없겠네? 이미 자기 몸인데 무슨… 하아…… 편하겠네. 권사들은 어떻게 발경을 할까? 가도무의 장풍을 좀 더 자세히 봐둘 걸 그랬어."

피월려는 왠지 권에 좋은 답이 있을 것 같은 예감이 들었다. 그는 제비처럼 몸을 훅 하고 일으켜 세우더니, 철검을 집어 들고 곧 연무장을 나섰다.

그런데 복도의 먼 한쪽 끝에서 한 사람이 피월려의 눈에 띄었다.

점차 둘의 거리는 가까워졌고, 피월려는 그 사람이 천서휘라는 것을 알 수 있었다. 천서휘도 그를 알아보았는지, 그에게 시선을 보냈다.

둘은 묘한 어색함에 헛기침하며 점차 가까워졌는데, 그 시간이 매우 느리기 짝이 없었다. 긴 복도에서 서로 마주치며 걸어가는 것이니, 보법을 펼치지 않은 이상에야 오래 걸리는 것이 당연했다.

서로 고개를 몇 번씩이나 끄덕이는 것이, 더욱 어색함을 만들었다. 피월려는 어디선가 나지오가 나타나 이 어색함을 풀어주기를 간절히 바랐으나, 그런 기적은 일어나지 않았다.

"크흠. 저……."

그대로 지나쳐 버릴 줄 알았던 천서휘가 슬며시 말을 걸어오자, 피월려는 그가 무슨 말을 할까 궁금해졌다. 뭐라고 대꾸라도 해야 할 것 같은데, 마지막에 대화할 때 서로 반말을 썼던 기억이 머리를 스치고 지나갔다.

이상하게도, 지금은 선뜻 반말이 입 밖에 나오지 않는다.

피월려는 과감하게 용기를 내었다.

"무슨 일이지?"

피월려와 천서휘의 눈빛이 둘 다 잠시 흔들렸다.

"……."

"……."

피월려는 순간적으로 죽고 싶을 만큼 부끄러운 느낌을 받았다. 하지만, 다행히도 천서휘는 그의 말을 잘 받아주었다.

"크흠… 저, 연무장에서 나오는 길인가?"

"어."

막상 쓰니까, 반말이 아무렇지도 않다. 천서휘 또한 그리 느꼈는지, 표정에서 긴장감 같은 것이 모두 사라졌다.

"지금 수련을 끝낸 사람에게 할 말은 아니지만, 혹시 나와 비무나 한번 하지 않겠는가? 심하게는 말고, 그냥 서로의 기량을 겨뤄나 보자고."

피월려는 솔직히 놀랐다. 이토록 단도직입적으로 비무 신청을 해올 줄은 몰랐기 때문이다. 게다가 더욱 놀라운 점은, 그의 눈빛과 표정에는 조금의 거만함도 없었다는 것이다.

천서휘는 진지하게 부탁했다. 이런 자세는 하수가 고수에게 가르침을 받으려고 비무를 신청하는 것과 비슷할 정도였다.

피월려는 천서휘라는 인물에 대해서 조금 생각을 다르게 하게 되었다. 물론, 여전히 어려움을 모르는 부잣집 도련님이라는 틀에서 벗어난 것은 아니지만.

"좋아."

20일이라는 시간은 짧은 시간임이 분명하나, 그간에 피월려가 이룩한 경지는 20년에 가까운 수준이다. 20년의 본신내력을 얻었고, 투시를 개안했으며, 그 외 엄청난 수준의 깨달음을 얻었다. 급격한 환경 변화와 매일같이 경험한 죽음의 위협, 그리고 다른 절정고수와의 교류에서, 그간의 잠재력이 폭발한 것이다.

천서휘의 눈빛은 호승심으로 불타올랐다. 그는 내색하지 않은 채 앞장서서 걸었고, 피월려 또한 온몸에 짜릿짜릿한 긴장감을 느끼며 그의 뒤를 따라 걸었다.

둘은 연무장에 들어섰다.

가볍게 목검을 집어 든 피월려와 천서휘는 서로를 노려보며 적의를 불태웠다. 그러나 막상 싸움을 시작하려니, 마음이 묘하게 차가운 것이 먼저 검을 움직이고 싶지 않았다. 천서휘도 피월려도 같은 마음으로 서로의 선공을 기다렸다.

사실 서로는 서로에 대해서 직접 경험한 것이 별로 없었다.

20일 전의 싸움은 단 한 수에 모든 것이 결판났었고, 그것도 무공간의 대결이었다기보다는 어느 한편의 술수라 해야 옳은 승부였다. 그 이후로는 서로의 얼굴조차도 별로 보지 못했었다.

그들이 가진 정보라고는 모두 몇 다리를 건너서 귀로 들어온 간접적인 사실뿐이고, 따라서 선뜻 선공할 수 없던 것이었다.

피월려의 용안은 낙양지부에서 유명했다. 그는 용안의 능력으로 자로 잰 듯한 판단을 수시로 내림으로써, 내공 없이도 엄청난 속도를 자랑했다.

천서휘의 검은 나지오의 표현을 빌리면 무지막지한 것이라 한다. 중(重)의 묘리에서도 패도(覇度)를 걷는 검으로, 지치지 않는 체력과 마르지 않는 내력으로 포기할 때까지 쉴 틈 없이 몰아붙이는 해일과 같은 검이라는 평이다.

둘의 싸움은 검과 방패의 싸움이 될 것이고 그것을 둘 다 직감했다. 그러니 피월려는 주구장창 그의 검을 기다릴 수밖에 없었다. 천서휘가 어떠한 결정을 내리기 전까지 이 비무는 시작되지 않을 것이다.

피월려는 용안으로 천서휘의 모든 것을 하나도 놓치지 않고 주시했다. 예상과 다르게, 천서휘는 주소군과 견주어도 부족함이 없는 고요함을 은은하게 풍겼다. 하지만 피월려는 그 속에서 요동치는 회오리를 어렴풋이 느낄 수 있었다.

폭풍 전야.

천서휘의 검끝을 중심으로 연무장 전체의 기류가 서서히 움직이기 시작했다. 폭풍의 눈이 주변에 존재하는 모든 구름을 포식하듯, 그의 마기가 미약하나마 확실하게 기류를 흡수하고 있었다. 그것이 완전히 모였을 때에는 피월려라면 감히 상대도 하지 못할 막강한 힘이 되어버릴 것이 자명했다.

공격해야 한다.

용안의 경고음이 피월려의 뇌리에 시끄럽게 울려댔다. 적당히 끝내는 수준의 마음으로 이 비무에 임할 리가 없는 천서휘는 분명히 자신의 가장 강력한 한 수를 보여줄 것이다. 온갖 경험으로 다져진 피월려에게도 하나의 패배는 쓰디쓴 독배이거늘, 하물며 마교라는 단체에서 최고의 무공과 최고의 사부들에게 어릴 때부터 체계적으로 교육받은 천서휘에게는 얼마나 고통스러운 기억이겠는가? 그것도 사랑하는 여인의 앞에서 말이다.

천서휘는 차라리 가슴을 인장으로 지지는 것을 선택할 것이다. 다시 말하면, 그는 피월려에게 가슴을 인장으로 지져진 것보다 더 큰 앙금을 가지고 있다는 뜻이다. 그러니 피월려도 절대 부인할 수 없을 정도로 확실하게 승리하려 할 것이다.

천서휘는 검을 들고 나오지 않고 대포를 쏘아댈 것이다. 피월려가 가진 초라한 방패로는 도저히 피할 수도 막을 수도 없는 그런 포탄을 날려 보낼 것이다.

그러나 천서휘의 실력에는 아직 그것을 단숨에 뽑낼 수는 없다. 피월려가 피할 수도 막을 수도 없는 수준의 '무지막지한' 것을 꺼내려면 시간이 필요하다.

천서휘는 비무라는 점을 이용, 신경전이라는 천막으로 슬쩍 가려, 그 시간을 벌 셈이다.

이로써 모든 분석이 끝났다.

그 즉시 피월려는 달렸다.

논리적인 설명이 뒷받침된 용안의 판단을 의심할 이유가 없었기 때문이다.

다리가 땅에 떨어지기 무섭게, 그의 신형은 앞으로 넘어질 듯 쏘아졌다. 천서휘의 검을 중심으로 조심스럽게 흐르던 기류를 몸으로 뚫어버리며 피월려의 마기가 코를 톡 쏘는 지독한 향수처럼 연무장 전체를 가득 메웠다.

천서휘의 눈가가 미미하게 떨렸고, 그것을 놓치지 않고 본 피월려는 자신의 선택이 틀리지 않았다는 것을 다시 한번 더 확신할 수 있었다.

눈 깜짝할 사이에 서로의 검경(劍境)에 들어서자, 피월려는 검으로 천서휘의 검을 향해서 때리듯 휘둘렀다. 검에 내력을 실을 수 없는 피월려의 검은 내력으로 가득 찬 천서휘의 검에 닿는 순간 산산조각이 나는 것도 모자라서 모래처럼 부서질 것이 자명했다. 그러나 피월려의 얼굴에는 검이 없어도 아무런 상관없다는 듯한 자신감이 가득했다. 반면에 천서휘의 표정은 전보다 어두워졌다.

그 이유는 즉시 드러났다.

천서휘가 손목을 움직여, 양 검의 충돌을 회피했던 것이다.

피월려는 회심의 미소를 지었다.

천서휘의 행동이 그의 예상대로 정확히 들어맞았기 때문이다. 폭풍 전야라 표현할 정도의 막대한 내력을 검에 싣고 있으니, 그것을 유지하는 것은 주소군과 같은 천고의 기재가 아닌 이상 지마급 고수의 정신력으로 매우 힘든 일이다. 따라서 그 검을 다른 것과 충돌시켜, 속에 가득 찬 내력을 성나게 할 수는 없던 것이다.

피월려는 조금도 망설임 없이 천서휘의 얼굴을 향해 왼손을 뻗었다. 검과 다르게 내력의 주입이 한계가 없는 피월려의 권에는 무시할 수 없는 막대한 마기가 집약되어 있었다.

그러나 피월려는 권법 자체의 이해도가 적었다. 내력의 유무를 떠나면 파락호가 휘두른 주먹과 비교해도 다른 점이 없는 그런 수준의 주먹을 천서휘가 피하지 못할 리 없었다.

천서휘는 보법을 펼쳐, 슬쩍 물러나며 검을 중심으로 자연스럽게 좌측으로 돌았다. 피월려는 그대로 따라 들어가며 두 번의 검격과 한 번의 권격을 연거푸 넣었는데, 천서휘의 그림자조차 건들지 못했다. 천서휘의 몸은 마치 선녀가 구름 위를 걷는 것만큼이나 부드러웠다.

도대체 어디가 패도라는 건지 피월려는 기가 찰 뿐이었다. 천서휘의 움직임은 피월려의 용안만큼이나 완벽한 회피를 선보였다. 약이 바짝 오른 피월려는 한동안 보이는 빈틈을 모조리 노렸으나, 천서휘는 도도한 미녀처럼 그 손길을 모두 뿌리쳤다.

천서휘는 피월려를 검으로 상대할 생각이 없는지, 자신의 검을 피월려가 서 있는 반대 방향으로 쭉 빼었다. 그는 자신의 생각이 들킨 것을 파악하고는 노골적으로 검을 보호하려는 것이었다. 그것을 간파한 피월려는 그의 몸과 더불어서 검 또한 노렸다.

하지만, 시간이 흐르면 흐를수록 맥이 턱 하고 빠지는 기분을 느낀 피월려는 자신이 도저히 천서휘의 보법을 따라갈 수 없다는 사실을 깨달았다. 용안의 힘이 있다 한들 보법 자체를 배운 적이 없는 피월려와 극상승의 보법을 자유자재로 펼치는 천서휘와는, 그 움직임의 현묘함에 있어 지렁이와 독수리 같은 차이가 있었다. 자신의 한계와 상대의 한계를 가지고 계산하는 용안은 천서휘에게 확실한 타격을 입힐 수 있는 작은 실마리조차 찾지 못했다.

피월려는 눈을 들어 슬쩍 천서휘의 검을 보았다. 싸움 중에 한눈을 파는 것은 금물이나 천서휘에게는 공격할 의사가 전혀 없었기에 피월려는 걱정하지 않았다. 그러나 곧 기류가 뭉쳐 형태를 이루기 시작한 천서휘의 검을 본 그는 마음은 점점 조급해질 수밖에 없었다.

천서휘의 검공이 어떤 것인지는 모르겠지만, 일단 이토록 오랫동안 심혈을 기울이는 것을 보면 용안으로도 피하지 못하는 확실한 한 수를 준비하는 것이 분명한데, 그것을 방해하는 방법이라고는 공격을 제외하면 전무했다. 그러나 그마저도 타격을 입히지 못한다면, 시간을 늦추는 것밖에 할 수 없을 뿐 결국에는 당하고 말 것이다.

피월려의 마음에는 이미 패배감이 엄습했다. 주소군에게 느꼈던 그 벽이 이번에는 천서휘에게서 똑같이 느껴지기 시작한 것이다.

보법의 유무는 물론 컸다. 그리고 상승의 보법을 펼치는 와중에, 내력을 다뤄 검에 집약하는 그 정신력도 한몫했다. 하지만, 무엇보다도 천서휘는 전체적으로 판을 잘 짰다.

이는 정신과 마음의 차이다.

이 비무를 얼마나 진지하게 받아들였는가, 그것의 문제였다.

주소군과의 일과 다른 여러 일에 정신이 팔렸던 피월려는 별다른 신경을 쓰지 못했다. 그러나 천서휘는 패배의 굴욕감을 매일같이 느끼며 이 순간을 위해서 모든 지혜를 짜낸 것이다.

피월려는 천서휘와의 비무를 생각했을 때, 무지막지한 검기의 향연으로 압도해 오는 그림을 그렸었다. 용안의 힘을 빌려 간발의 차이로 피해내면서 결국 절묘한 한 수로, 천서휘의 급소를 노려 승리하는 자신의 모습을 마지막으로 그 상상을 마쳤다.

그러나 현실은 정반대의 양상으로 흘러갔다. 천서휘는 방어했고, 피월려는 공격했다. 천서휘는 부드러웠고, 오히려 자신이 더 패도적이었다.

피월려는 검과 권, 그리고 두 발까지 모조리 이용하며 공격해 보았지만 결국 올 것이 왔다.

피월려는 천서휘의 마기가 기류를 진동시키기도 전에, 천서휘의 눈빛에서 그것을 읽었다.

진정한 패도를 보여주마.

천서휘의 눈은 그렇게 말하고 있었다.

그와 동시에, 그의 왼손이 피월려의 어깨를 밀어내었다.

그 강력한 힘에 밀린 피월려가 뒤로 구르며 자세를 다잡았을 때에는, 눈앞에 펼쳐진 마기의 장벽에 다리가 풀리는 듯했다.

절벽?

해일?

햇빛?

무엇이라 표현해야 할까?

한 가지 확실한 것은, 자연의 웅장함만이 비교 대상이라는 것이다.

검경(劍勁)을 검면(劍面)으로 하면 검막(劍幕)이 되는데, 이는 평면적인 형질을 가지고 있다. 천서휘의 검막 또한 기본은 다르지 않았다. 하지만, 그 크기는 검막이라 표현하기에는 너무나 거대했다. 게다가 그 두께도 평범한 검막과는 궤를 달리했다.

피월려는 그 검막을 정면에서 맞았다.

쿠쿵!

검막에는 물리적인 힘은 없기에, 피월려의 신형이 뒤로 물러나지는 않았다. 그러나 그의 몸은 검면으로 세게 후려 맞은 듯한 충격을 받았다.

"쿨컥!"

피월려는 새빨간 피 한 사발을 거하게 토해냈다. 극양혈마공의 마기로 강화된 육체가 아니었다면 필시 생명을 장담하지 못했을 것이다.

천서휘의 안색은 핏기가 사라져 새하얀 송장처럼 변했다.

방금 한 수에 전신의 내력을 한 올도 남김없이 쏟아낸 탓일 것이다. 그러나 그의 얼굴에는 미미한 미소가 떠올랐다.

천서휘는 그 자리에 주저앉으며 피월려에게 말했다.

"내가 이겼다. 그렇지 않나?"

피월려는 그 말에 대답할 기력이 없었다. 오장육부가 뒤집히는 고통이 전신에서 끊이지 않았기 때문이다.

천서휘는 손을 들어 손바닥으로 자신의 이마를 미친 듯이 비볐다. 그의 머리가 점차 헝클어지더니, 이내 거지처럼 산발이 되었다.

"크크… 크하하하!"

"하아… 큭……."

천서휘의 광소와 피월려의 신음이 마치 대화하는 것처럼 한동안 오갔다.

$*$ $*$ $*$

혹설과 진설린은 침상에 누워 있는 피월려를 물끄러미 바라보고 있었다. 그들은 호기심이 가득한 눈동자로 피월려의 상처를 이것저것 들춰보면서, 연신 감탄사를 터뜨리며 재잘거리기 일쑤였다. 보통의 여자들이라면 걱정하는 눈빛으로 위로의 말이라도 건넸겠지만, 패륜을 저지른 진설린이나 천살성인 흑설이나 평범과는 거리가 멀었기에, 피월려는 애초에 기대조차 하지 않았다.

"우와… 여기 있는 이 멍은 회오리 모양이네요?"

"정말? 어디 어디?"

"여기요. 한번 봐봐요."

"오? 정말이네. 신기하다."

피월려는 눈을 감아버렸다.

그때, 그의 방문을 열고 천마신교 낙양지부의 육대주, 미내로가 들어왔다.

색목인이라 그런지, 노인이라 그런지, 그도 아니면 기묘한 술법(術法)을 사용하는 좌도인(左道人)이라 그런지, 미내로는 항상 위화감을 주는 묘한 기운이 전신에 휘감겨 있는 듯했다. 아무리 힘이 강한 개라 할지라도 늑대에게는 함부로 하지 못하는 것처럼, 무림인으로서 아무리 지고한 경지를 이룩한다 한들, 그녀가 아래로 보이는 일은 절대로 없을 것 같은 느낌이다.

진설린도 흑설도 미내로의 등장으로, 자기도 모르게 바삐 움직이던 입을 멈추고 자세가 다소곳해졌다. 미내로는 여유가 느껴지는 걸음으로 다가오며 진설린과 흑설의 눈을 한 번씩 마주 보았다.

"인형이 가득한 방에서 태음강시와 천살성이라. 아주 괴상하기 짝이 없는 조합이야."

진설린과 흑설은 동시에 등골이 오싹해지는 소름을 느꼈다. 그녀들을 보는 미내로의 눈빛은 사람을 보는 눈이 아니라 물건을 감상하는 눈빛이었다.

그 눈빛은 차갑다고도 표현할 수조차 없었다.

온도 자체가 없었다.

그녀는 피월려에게 다가와, 지팡이의 보석 부분을 피월려의 가슴에 가져갔다.

"힐링(Healing)."

그녀의 말이 떨어지자 육각형의 핏빛 보석은 괴기한 기운을 내뿜더니, 곧 피월려의 전신으로 연기처럼 흡수되었다. 피월려는 누군가 숨을 대신 쉬어주는 듯한 상쾌한 느낌을 받았다. 그리고 전신에서 느껴지던 고통이 말끔히 사라진 것을 깨달았다.

"움직여 봐라."

피월려는 미내로의 말을 듣고 고개를 끄덕였다. 팔과 다리, 목, 그리고 허리까지, 생각할 수 있는 모든 관절을 움직여 보았는데, 정상이나 다름이 없을 정도로 매끄러웠다. 수십 일이 걸릴 정도의 부상이 한순간에 말끔히 치료되었다.

피월려는 포권을 취했다.

"감사합니다, 대주님."

미내로는 귀찮다는 듯한 표정을 지었다.

"됐다. 천 아의 부탁이 아니었으면, 어차피 오지도 않았을 터. 그런데 그 일은 어떻게 되었느냐?"

피월려는 그녀가 전에 삼을 찾아달라고 했던 그 부탁을 기억했다.

"아는 이에게 말은 해뒀습니다만, 어떻게 될지는 미지수입니다."

"믿을 만한 사람이더냐?"

좌추가 피월려의 머릿속에서 슬그머니 웃었다.

"확인할 시간이 충분하지 않았습니다."

"뭐, 결국 내 손에 들어오면 그만이다. 방법은 상관하지 않겠다."

미내로는 그렇게 말을 맺은 후, 슬쩍 고개를 돌리더니 진설린을 바라보았다.

"눈을 감아라."

"……."

"……."

순간, 미내로의 뜬금없는 한마디가 방 안에 침묵을 만들었다. 피월려도, 진설린도, 흑설도 서로 멀뚱멀뚱 쳐다볼 뿐, 그녀가 말한 영문을 몰랐다.

미내로는 그런 방의 분위기에 아랑곳하지 않았다. 그녀는 입술을 만지작거리며 홀로 중얼거렸다.

"주박술이 완전히 풀린 것을 보면 태음강시로 완전히 거듭 났구나. 내 일생일대의 작품이 하필이면 주인을 섬기지 않는 태음강시라니, 이도 팔자구나, 팔자야… 쯧쯧쯧."

피월려는 그녀의 독백에 궁금증이 들어, 은근슬쩍 물어봤다.

"무슨 뜻입니까, 어르신?"

미내로는 그의 말에 퍼뜩 정신이 들어 그를 돌아보았다.

"아니다. 내 독백이니 신경 쓰지 마라. 그런데 그 나비는 아직도 따라다니는구나. 특별한 일이 있었느냐?"

"나비라 하시면?"

"보이지 않느냐?"

"……"

피월려는 미내로의 시선이 미세하게 자신을 벗어나 있다는 것을 깨달았다. 그는 고개를 돌려 보았으나, 시야에 잡히는 것은 없었다.

미내로가 나지막하게 말했다.

"악의는 없는 듯한데. 뭐, 내가 상관할 일은 아니다만……."

"어르신?"

"저기 저 여우도 그렇고. 내 평생을 살면서 선을 넘지 않은 인간이 이리도 많은 이색(異色)의 것과 접촉하는 것을 본 적이 없다. 흥미롭구나."

피월려는 그녀의 말을 도저히 이해할 수 없어, 답답한 심정이 들었다. 그러나 미내로가 일일이 친절하게 설명해 줄 것 같지는 않았다.

그의 예상대로 미내로는 거의 들리지 않을 정도로 작은 조소를 입가에 머금으며 인사도 없이 방을 나섰다.

"캬오!!!"

미내로가 나감과 동시에, 여우는 갑자기 소리를 내더니 피월려에게 뛰어 들어왔다. 그의 배와 어깨, 그리고 머리를 차례차례 도약하더니, 곧 허공에 몸을 날리며 양 손길을 휘적거렸다.

마치 무언가를 잡으려 하는 것 같았다.

여우가 네 번을 그렇게 행동하자, 보다 못한 흑설이 그녀를 잡아들었다.

"뭐해! 아루타! 가만있어!"

아루타라 불린 그 여우는 흑설의 품속에서 바둥거렸다. 그러나 그녀의 우악스러운 손길에서 벗어날 수는 없었다.

그런데 그 모습을 바라보는 피월려의 눈빛이 묘하게 공허해졌다. 그때, 진설린이 다가와서 그의 볼을 쓰다듬었다.

"월랑? 괜찮아요?"

"으… 응?"

"괜찮아요?"

"아… 괜찮소."

피월려는 멍청한 표정으로 고개를 살짝 끄덕였을 뿐이었다. 그는 여우와 흑설에게 시선을 고정한 채, 진설린에게 살포시 물었다.

"저 여우, 이름이 아루타이오?"

"네. 그런데요?"

"아니… 그냥 어디서 들어본 것 같아서 그렇소."

"그래요? 흐응… 아루타라는 이름은 흔한 것이 아닌데."

"누가 이름을 지었소?"

"흑설이가요."

"흐음……."

피월려는 왠지 모를 이상한 기분이 들었지만, 곧 고개를 흔들며 떨쳐내었다.

그는 허리를 들어 자리에 앉았다. 오랫동안 누워 있어서 몸이 뻐근할 만도 하건만, 미내로의 치유술 때문인지 그 정도의 피로감도 느낄 수 없었다.

실로 대단한 술법이다.

피월려는 옆에 놓인 책자들을 무의식적으로 집었다. 진설린은 반각 정도를 피월려의 옆에 같이 있다가, 실과 바늘을 들고는 바닥에 널브러져 있던 구름인형을 집어 이리저리 고치지 시작했다. 흑설은 어딘지 모르게 화가 난 듯한 아루타를 내팽개치고, 집어 던지고, 잡아 늘이며 자기만의 좋은 시간을 보냈다.

그렇게 반 시진이 흘렀을까?

피월려는 주하의 목소리를 듣게 되었다.

[피 공자, 들리십니까?]

피월려는 두리번거렸으나, 방 안에 그녀의 모습은 보이지 않았다.

"들리기는 하오."

흑설과 진설린은 갑자기 혼잣말을 하는 피월려를 보았고, 피월려는 입 모양으로 짧게 '주하'라고 말함으로써 자신의 정신이 온전하다는 것을 밝혔다.

또다시 주하의 목소리가 들렸다.

[육대주께서 치료한 사실이 지부장님의 귀에 들어간 모양입니다. 임무가 내려왔습니다.]

표정을 잔뜩 구긴 피월려는 자기를 완치시킨 미내로가 원망스러워졌다. 중상이었으나 그녀가 치료하지 않아도 충분히 완치될 수 있는 타박상뿐이었으니, 굳이 시간을 단축시키지 않아도 상관이 없었다. 그리고 임무에서 잠시 벗어나 편하게 침상에서 흑설을 위한 무공을 완성할 수 있었을 것이다.

그러나 이제는 핑계거리가 없으니, 다시 노예가 돼야만 한다. 한숨이 절로 나오는 상황이었다.

피월려가 말했다.

"말씀하시오."

[마교인이 아닌 마인을 추살하라, 입니다. 기간은 열흘입니다.]

"존명… 근데 그게 끝이오?"

[예.]

전에도 그랬지만, 참 명령 같지도 않은 명령이다. 피월려는 어쩔 수 없이 마조대에 다시 가서 좀 더 정확한 정보를 얻어야 한다고 생각했다.

"열흘이라 했소?"

[예.]

"알았소."

피월려는 그 명령을 즉시 머릿속에서 지워 버렸다. 내일 아침이나 돼야 겨우 생각날 것이다.

제이십장(第二十章)

하늘을 볼 수 없는 낙양지부 안에서는 때를 확인하기 참으로 어려웠으나, 일정한 간격으로 나 있는 창문의 색을 통해서 햇빛의 양 정도는 파악할 수 있었다.

"아침부터 무슨 일이오?"

지화추 단장은 전과 다를 것이 없는 여전한 모습이었다. 서류 더미에 파묻힌 채로 잠을 자고 식사를 하는 것이 아닌지 의문이 들 정도로 그의 모습에는 변화가 없었다.

피월려가 물었다.

"임무를 부여받았소. 정보를 청하러 왔소만?"

"무슨 정보를 말이오?"

"그야, 임무에 관계된 정보가 아니겠소?"

"그러니까, 임무에 관계된 어떤 정보를 원하느냐 이 말이오."

두 사람은 어딘가 삐걱거리는 이해의 차이가 있었다. 피월려는 조심스레 설명하기 시작했다.

"내가 받은 명은……."

그러나 지화추는 얼굴을 찌푸리며 손바닥을 들어 보였다. 그는 피월려의 이야기를 들을 생각이 없는 듯했다.

"무슨 명을 받았는지, 일일이 다 설명할 셈이오? 나는 지금 해야 할 일이 무척이나 많소. 그대의 명을 해석하고 그에 관한 정보를 하나하나 모두 파악하여 걸러줘야 하는 귀찮은 일을 왜 내게 요구하는 것이오?"

"그것이 아니고……."

"쓸데없는 소리 하지 말고, 무슨 정보가 필요한지 확실하게 정리하고 나서 나를 찾아오시오. 그래야 정보를 드릴 수 있소."

지화추는 무슨 일이 있기는 있는지, 평소보다 훨씬 신경질적인 것이 분명했다. 전에는 지마급의 고수인 피월려를 마치 상전인 것처럼 표현해 놓고, 지금은 철면으로 하대하고 있다.

피월려는 지화추의 심기를 별로 거스르고 싶은 마음이 없었다. 정보의 힘은 무력보다 강할 때가 있어, 그것을 다루는 사람과 틀어질 경우 매우 곤혹스러운 일이 발생할 확률이 극도로 높아진다.

피월려는 잠시 속으로 고민하고는 그에게 말했다.

"최근에 낙양에 들어온 마인 중에서, 천마신교에 속하지 않는 자들의 신상 정보를 원하오."

"훨씬 듣기 좋소. 다만 한 가지 부족한 부분은 최근이라는 말이오. 최근이라는 말을 확실히 정하시오."

"흠… 한 달이 좋겠소."

지화추는 앞에 있는 서류에 뭔가를 작성하면서 조금도 지체하지 않고 중얼거리듯 말했다.

"총 셋이오. 15일 전, 혈면호, 포한루에 거처를 두고 있소. 10일 전, 일소무하, 지금까지 쭉 포한루에 거처를 두고 있소. 그리고 하루 전, 광소지천. 북문……."

"광소지천?"

피월려가 갑자기 되묻자, 지화추는 말을 멈추고 그를 올려다보았다.

"아는 자요?"

"광소지천 지명무?"

"맞소."

"……."

피월려의 표정이 어두워지자, 지화추는 뭔가 사정이 있다고 생각했다. 하지만 무림에서는 오지랖이 넓을수록 죽기 십상이다.

지화추가 대수롭지 않게 말을 이었다.

"하여간, 북문에서 확인된 뒤로 지금까지 행방이 묘연하오. 이제 다 된 것이오?"

"하나만 더 묻겠소. 혹시 최근 낙양에 일어난 가장 큰 사건이 무엇이오? 천마신교의 입장에서가 아닌, 세간의 입장에서 한 세 가지만 말해주시오."

"내 소견으로는 황룡무가의 일과, 하오문의 일. 그리고 감옥의 일이겠소."

"여파는?"

"황룡무가가 봉문하고 황룡환세검공이 유실되어서 수많은 무림인이 이곳 낙양에 몰려들게 되었소. 지금 낙양무림은 혼잡하기 그지없는 상황이고, 각 문파도 웬만하면 출입을 삼가고 있는 실정이오. 또한 하오문의 일로, 낙양의 음지가 모두 숨을 죽이고 지하로 피신한 상태이오. 그리고 감옥의 일로써 군부의 제재가 많이 줄어들어, 무림인들이 고삐 풀린 망아지처럼 되었소. 자, 여기까지는 완전히 확인된 사항이오."

지금까지는 전부 다 피월려와 관계된 일이기 때문에, 그에게는 하나도 새로울 것이 없었다. 그런데 한 가지 걸리는 점이 있었다.

"완전히 확인된 사항이라는 뜻은 확인되지 않는 사항도 있다는 뜻이오?"

지화추는 고개를 끄덕였다.

"두 가지가 있소. 하나는 천살성으로 의심되는 자의 출현이오. 온갖 종류의 무림인들이 들끓다보니 한 명쯤 나올 법하지만, 이자는 낙양성 안에서 무차별 살생을 저질렀다는 점에서 그 배포가 짐작도 하기 어려울 만큼 크다는 것을 알 수 있소. 그냥 미쳤다고 하는 게 옳을 것 같소. 하여간 이자는 이틀 전 동문 주변에서 무림인 백여 명을 포함, 도합 이백을 죽이고 동문으로 달아났소."

무림인이 많이 모이면 꼭 이런 놈이 하나씩은 생겼다. 피월려는 대수롭지 않게 생각하고는 다시 물었다.

"다른 한 가지는 무엇이오?"

"그와 연관된 것이기는 한데… 이것은 별로 신용할 만한 정보는 아니나 일단 말해두겠소. 그 살해 과정에서, 청일문의 고수 팔 할이 전멸했다는 것이오. 즉, 육십여 명의 일류 및 이류 고수가 당한 것이지. 그런데 그것뿐만 아니라, 절정고수라 알려져 있는 청일검수까지 살해당했다는 것이오."

피월려는 청일검수라는 이름을 기억했다.

"청일검수라면 청일문의 문주 아니요?"

"맞소. 그는 청일문의 세력이 커지자, 점차 일선에서 물러나서 10년 동안이나 폐관수련을 하다시피 한 자요. 10년 전에도 절정고수였는데, 문주로서 온갖 지원을 받으며 수련에만 몰두한 그가 지금은 얼마나 고수가 되었을지 아무도 모르지. 그런데 그런 그가 아무것도 보여주지 못하고 일격에 죽었다고 하오. 그러니 소문을 그대로 믿는다면 그 미친놈은 초절정이라 봐야겠지."

피월려는 고개를 좌우로 흔들었다.

"일격에 당했다는 것은 실력 차이가 엄청났다는 말로 들릴수 있지만, 사실 그저 방심을 틈타 기습한 경우가 구 할을 넘소. 내가 경험한 무림은 항상 그랬었지. 소문을 믿을 게 못 되오."

"아직 확인된 사항은 아니니 그럴 수도 있겠소."

"……."

"내 대답은 이것이 끝이오."

피월려는 포권을 취하며 인사했다.

"감사하오. 그럼 이만 가보겠소."

"살펴가시오."

"그럼."

피월려는 그길로 지부 밖으로 나왔다.

　　　　　*　　　　　　*　　　　　　*

　가을이 지나 겨울이 찾아오는 시기라 그런지 밖의 공기는 많이 쌀쌀해진 듯했다. 천고마비의 계절이라고, 하늘에는 구름 한 점 보이지 않았다.

　"일단 포한루로 가봐야 하나?"

　피월려는 마방으로 걸었다. 그는 그곳에서 길을 물어보고서, 말을 빌려 마로 위를 달렸다. 가까운 거리라 그런지 일다경도 지나지 않아, 목적지에 도착할 수 있었다.

　그는 포한루에 가장 가까이 있는 마방에 말을 되돌려 주고는, 주위를 살피며 서서히 포한루로 접근했다.

　거리에는 아침임에도 불구하고 사람이 많았다. 그러나 그들 중 낙양인으로 보이는 사람은 매우 드물었고, 거의 모두 자기만의 무기를 허리나 등에 차고 사납게 인상을 쓰며 서로 노려보는 무림인이었다.

　무림인들은 피 냄새가 몸에 배어 있다.

　낙양의 공기는 마치 잡다한 살기들이 공중에서 마구잡이로 뒤섞여 있는 느낌이었다. 피월려는 숨을 한 번 들이쉬는 것으로도, 확실히 낙양에 무림인이 많아졌다는 것을 느낄 수 있었다.

이런 환경에서는 조금만 경계를 놓으면, 귀찮은 시비에 말리는 것이 다반사다. 피월려는 최대한 경계심을 늦추지 않으면서, 포한루를 주시했다.

그런데 그때, 포한루의 정문이 갑자기 산산조각 부서지면서 한 사람이 나둥그라졌다. 옷가지가 여기저기 베어지고 피로 붉게 물든 것이, 패배한 무림인의 전형적인 모습을 하고 있었다. 그럼에도 그 남자는 검을 놓지 않고 끝까지 집념으로 붙잡고 있었다.

피월려는 그의 모습을 자세히 들여다보았는데, 생각보다 조금 나이가 많아 보이는 것을 제외하면 특별한 점은 없었다. 피월려가 관심을 거둘 찰나, 그의 귀를 강타하는 목소리가 들렸다.

"일소무하! 네놈이 간이 배 밖으로 튀어나왔구나! 감히 네놈 같은 잡종 따위가 어디서 그 거지 같은 낯짝을 들이미는 것이냐?"

보통사람의 세 배는 되는 몸집을 가진 거한이, 사람의 허리만 한 봉으로 부서진 문을 탁탁 치우면서 그 모습을 드러냈다. 우락부락한 육체에 어울리는 고약한 얼굴을 가진 그는, 득의양양한 표정을 지으며 일소무하를 내려다보고 있었다.

피월려는 좀 더 상황을 지켜보고자, 그들의 싸움을 구경하려고 모인 무림인들 사이에 몸을 숨겼다.

일소무하는 피 한 사발을 토해내더니 입가를 거칠게 닦으면서 분노가 가득한 목소리로 말했다.

"지랄하지 마라……. 네놈이 뒤통수만 치지 않았어도, 이리 쉽게 당하진 않았을 것이다. 비겁한 놈!"

"흥! 비겁한 놈이라니! 네놈 같은 쥐새끼한테 들을 말이 아니다. 닥치고 죽어라!"

거한은 봉을 하늘 높이 들었다. 그 모습은 마치 곰이 마지막 일격을 위해서 손을 뻗어 올리는 것과 흡사했다. 신묘한 봉술도 화려한 초식도 없는 무식한 방법이나, 그 무게와 힘을 고스란히 받아내야 할 일소무하가 한 줌의 피죽으로 변할 것을 의심하는 사람은 아무도 없었다.

일소무하도 그것을 직감했는지, 눈을 질끈 감고 자포자기로 검을 들어 올렸다. 그에게는 몸을 피신할 힘도 남아 있지 않았기 때문이다.

기적은 일어나지 않았고, 일소무하의 머리는 수박처럼 으깨졌다.

콰직!

군중은 하나같이 고개를 뒤로 돌리거나 빼면서 역겨운 표정을 지었다. 그것을 지켜보던 피월려도 마찬가지였다. 검에 베여 죽은 시신은 익숙했지만, 이처럼 무식하게 머리통이 으깨져 죽는 것은 아무리 보아도 적응이 되지 않았기 때문이다.

핏물과 뇌수가 섞인 분홍색의 질긴 액체가, 터진 눈과 허물어진 코로 흘러내리는 광경은 무림에서 수십 년을 굴러먹었다 할지라도, 얼굴을 찡그리지 않고 볼 수는 없었다.

그런데 피월려의 시야에, 얼굴 근육 하나 깜짝하지 않고, 그 광경을 지켜보는 이가 들어왔다. 얼굴에 상처가 가득한 그 남자는, 이런 광경을 보고도 전혀 동요가 없는지 그 눈빛조차 흔들리지 않았다.

그런데 그 남자가 서서히 군중 앞으로 걸어 나왔다. 평범한 옷차림을 한 그 남자는 대략 20대 후반으로 보였는데, 얼굴의 상처만 없었어도 더욱 젊어 보였을 것이다. 사람들은 새로운 인물의 등장에, 무언가 좀 더 재밌는 일이 벌어질 것이라는 기대감을 품고는 자리를 지켰다.

그 남자가 말했다.

"어이, 철면호."

피월려는 거구의 이름이 철면호인 것을 알 수 있었다. 거구는 자기의 어깨 높이보다도 작은 사내가 걸어 나오자, 곤봉을 다시 어깨에 메면서 가소롭다는 듯이 씩 웃어 보였다.

"누구냐? 누군데, 이 어르신의 이름을 함부로 부르는 것이야?"

"뭐, 별거 없어. 한 가지 묻지. 네놈이 최근에 마공을 익혔다고 하는데, 그것이 사실이냐?"

"뭐! 뭐엇!"

철면호뿐만 아니라 군중까지도 술렁였다.

이 세상의 모든 마공은, 천마신교로부터 파생된다. 천마 시조의 마단을 통해서 사람을 인위적인 마인으로 만들 수 있게 되면서부터, 여타 다른 무공처럼 그 체계가 점차 잡히기 시작했다. 그러니 작금에 와서 마공을 익혔다는 것은 곧, 천마신교와 직간접적인 관계를 맺고 있다고 생각할 수밖에 없었고, 이는 자동적으로 배척의 대상이 된다. 실제로 천마신교와 인연이 없다고 해도, 마공을 익히면 그런 취급을 받았다.

천마신교가 어떤 곳인가?

모든 마의 뿌리이자 신비에 쌓인 전설적인 문파로, 그 이름 높은 구파일방을 모두 견제하는 강력한 집단이다. 위로부터 아래까지 모조리 다 마인이며, 보통사람들이 상상하는 것보다 더욱 괴기한 마공들을 자유자재로 쓰는 것으로 알려졌다. 그런 천마신교의 마공을 익혔다면, 철면호처럼 그 엄청난 크기의 봉을 마치 나무젓가락처럼 다룰 수 있게 되는 것도 충분히 이해할 수 있었다.

사람들은 이 흥미진진한 광경을 하나도 놓치지 않고자 눈에 불을 켰다.

남자가 추궁하듯 그에게 말했다.

"철면호. 네놈은 원래 권을 쓰는 권사다. 그런데 반년 전부터 마공이 아니면 설명할 수 없는 괴력을 얻자 그 무식한 봉을 쓰기 시작했다. 내 말이 틀리냐?"

철면호는 가당치도 않다는 듯 일절 부정했다.

"하! 난 네놈이 무슨 말을 하는지 모르겠다! 마공이라니! 내가 만약 마공을 익혔다면, 즉시 초절정에 이르렀을 것이다!"

그러자 그 남자는 크게 비웃었다.

"웃기는군! 네놈이 지금 무슨 절정고수라도 된다는 듯이 말하는구나! 봉술만 놓고 보면 네놈은 이류에도 들지 못하는 삼류밖에 되지 않아!"

"뭐라! 네놈이 누군지는 모르겠으나, 나를 그리 모독하니 혼쭐이 나야 정신을 차리겠구나! 그래, 좋다! 삼류봉술 맛 좀 보아라!"

철면호는 거대한 봉을 무작정 위에서 아래로 휘둘렀다. 그러나 그 속도는 굳이 용안의 힘이 아니더라도 충분히 피할 수 있을 만큼 느렸다.

쿠쿵!

땅을 울리는 엄청난 위력이나 남자의 옷깃 하나 스치지 못했다. 남자는 순간적으로 옆으로 물러나면서 다리를 뒤로 뻗더니, 곧 엄청난 속도로 앞으로 휘둘렀다.

그 목표는 바로 땅을 쪼갠 그 거대한 봉의 중심 부분이었다.

쾅!

남자의 발등과 거대한 봉이 충돌하며 엄청난 굉음을 내었다. 철덩어리라 해도 좋을 봉과 피육으로 만들어진 남자의 발이 부딪쳤으니 십중팔구 남자의 다리가 부러졌을 테지만, 그 각법에 담긴 내력이 얼마나 막대한지 오히려 거대한 봉의 한가운데가 움푹 꺾여 들어갔다.

"흐어엇!"

철면호도 놀람을 감추지 못하고, 신음을 내뱉었다. 그는 직접 봉을 손으로 잡고 있었으니, 그 남자의 발에 담긴 내력을 누구보다도 직접적으로 느낄 수 있었다.

철면호의 얼굴에서 자신감이 모조리 사라졌다. 이런 패도적인 내력은 단 하나의 사실로만 설명되기 때문이다.

"다, 당신은… 서, 설마? 천마신교 마인?"

남자는 마인처럼 씩 웃었다.

"설마. 마교가 낙양 한복판에 있을 턱이 있나?"

"그, 그렇다면 왜 나를 핍박하는 것이오?"

하대로 일관하던 철면호의 말투가 조금 공손해졌다. 그 남자는 피식 웃으면서 대답했다.

"그냥 볼일이 있을 뿐이야."

"보, 볼일이라니?"

"별건 아니야. 그냥 귀찮은 일이지."

철면호는 질색한 표정으로 그 남자를 보았고, 남자는 눈에 살기를 담고는 서서히 철면호에게 걸어왔다. 위기를 느낀 철면호가 두려움을 이기지 못하고 어쩔 수 없이 그를 향해 일 권을 뻗었으나, 남자는 양발을 슬쩍 꼬아, 상체가 흔들거리는 신묘한 보법으로 그 권격에서 벗어났다.

그 남자의 왼쪽 발이 하늘 높게 올라갔고, 곧 운석과 같은 엄청난 속도로 떨어져 철면호의 발등을 찍었다.

"으악!"

철면호는 비명을 지르며 뒤로 벗어나려 했으나, 남자의 발이 그를 봐주지 않았다. 남자는 철면호의 발을 지지대로 삼고, 그의 품으로 도약하여 파고들었다. 그리고 곧 그의 오른쪽 무릎이 철면호의 콧잔등을 강타했다.

"쿨컥!"

남자는 코로 핏물을 분수처럼 뿜어내며 뒤로 쓰러졌다. 눈깔이 뒤로 뒤집히며 입에 거품을 물기 시작하는 것이, 누군가 도와주지 않는다면 생명을 장담하기 어려운 상태인 것이 분명했다. 남자는 철면호의 상태를 살피더니, 자비롭게도 철면호의 가슴을 압박해 주었다. 그러나 사실, 그로서는 단순히 철면호를 밟고 올라선 것뿐이었다.

남자는 또다시 씩 웃었다.

"다음 생에 보자고."

콰직!

남자의 양발에 내력이 주입되어, 철면호의 가슴을 푹, 파고 들어 갔다. 철면호의 신체는 부들부들 떨리더니, 곧 입으로 핏물을 꺽꺽 내뱉으며 숨을 거두었다.

그 순간만큼은 누구도 말을 꺼내는 사람이 없었다. 남자의 신묘한 보법과 각법은 누구도 승리를 확신할 수 없는 고강한 수준이었고, 그 남자의 잔인한 손속은 누구도 시비를 걸고 싶지 않게 만들었다.

사람들은 하나둘씩 은근슬쩍 자리를 떠나기 시작했다. 재밌는 싸움 구경을 할 줄 알았는데, 자칫 잘못하면 자기의 목숨도 위험해질 수 있다는 것을 본능적으로 느꼈기 때문이다.

피월려는 잠시 지켜보기로 했다. 그 남자의 말을 듣고 보면 마치 철면호가 마공을 익혔는지를 확인하려 했다는 것을 알수 있었는데, 그것은 피월려가 하려는 임무와 들어맞는 면이 있었기 때문이다.

철면호는 마공을 익힌 것을 부정했다. 그러나 남자가 마인이라는 것을 알아보고는 매우 두려워했는데, 그 모습이 마치 자기의 잘못을 들킨 어린아이와 같았다. 그렇다는 뜻은, 그가 마공을 익혔음에도 천마신교의 보복이 두려워 그것을 숨기려고 한 것이라 볼 수 있었다.

결국, 그 남자는 천마신교의 인물이 된다.

"이거, 이거, 이거… 거물이 납시셨군. 혹, 피 대원님이 아니십니까?"

능글거리는 미소를 지으며 다가온 남자는 피월려를 아는 듯했다. 예상대로 그 남자는 천마신교의 인물이 맞는 것 같은데, 피월려는 지금까지 남자의 얼굴을 본 적이 없었다.

"그렇소. 누구시오?"

"제사대 일단주 단시월이라 합니다."

"제사대? 소오진이 대주로 있지 않소?"

피월려는 아무런 의미도 없이 그냥 물었을 뿐이지만, 그 남자는 뭔가 불쾌한 것인지 한쪽 입꼬리가 희미하게 올라갔다.

"소오진이라… 하하하… 이거 참. 아무리 제일대에 속한 분이라 할지라도 누구에게는 소중한 대주님인데, 대주님의 이름을 그리 함부로 불러도 되겠습니까? 앙? 신참 대원님?"

단시월은 피월려에 대한 불만을 하나도 숨기지 않고, 밖으로 드러내었다. 이유는 잘 모르겠으나, 일단 피월려도 그 도발을 그냥 넘길 생각이 없었다.

"같은 지마급이니 내가 소오진의 이름을 상전 대하듯 할 필요는 없소, 고참 대원."

"……"

단시월은 말없이 피월려를 노려보며 헛바닥을 뿌리까지 내밀면서 흔들어댔다. 그러고는 입을 모아 입술을 빨아들이는 듯한 소리를 느리게 반복했다. 그러면서 그는 고개를 왼쪽으로 한 번, 오른쪽으로 한 번 흔들면서 피월려를 위아래로 훑어보았는데, 그 모습은 별로 정상적으로 보이지 않았다.

피월려는 표정에 작은 미소를 머금은 채로, 시선을 피하지 않으며 그를 마주 보았다.

단시월은 그의 눈빛을 한 번 마주 보더니 입을 쫙 벌리면서 하늘로 눈길을 돌렸다.

"내 이름은 단시월입니다. 고참 대원이 아니라. 단 대원 혹은 단 단주라 불러주시면 감사하겠습니다. 개인적으로 단 단주를 선호합니다만. 단 단주. 단 단주. 단이 두 번 나오니 좋지 않습니까?"

대화하면서도 하늘에 고정된 시선 때문인지, 아니면 상처가 꿈틀거리는 괴기한 표정 때문인지, 그도 아니면 이상한 말투 때문인지, 피월려는 단시월에게서 설명하기 어려운 괴이함을 느꼈다.

"좋소. 단 단주. 좋은 호칭이오."

"좋고말고요. 그런데 피 대원께서는 여긴 어쩐 일이십니까? 제 소견으로는 아마 임무 때문이 아닌가 하는데 말이죠?"

"그렇소. 철면호와 일소무하를 보려고 왔는데, 아쉽게도 이미 죽어버렸소."

"역시 같은 임무이라 생각되는군요. 다음 대상은 혹시 광소지천이 아닙니까?"

"맞소."

"흐응… 공을 빼앗기기는 싫지만, 뭐 이렇게 된 이상, 같이 행동하도록 합시다. 그래도 됩니까?"

솔직히 거절하고 싶었지만, 천마신교의 인물인 만큼 긁어 부스럼을 만들 이유는 없었다.

"뭐, 좋소."

"하악……."

"……."

지금이라도 거절할까?

피월려는 심히 고민했다. 단시월은 그런 피월려의 속도 모른 채, 손으로 등을 긁적이며 주위를 살폈다.

"일단 자리를 벗어나는 게 중요할 것 같습니다. 한복판에서 날뛰면 항상 똥파리들이 모여들더군요. 제가 앞장서겠습니다."

단시월은 그렇게 말하고, 골목 사이로 들어갔다. 피월려는 별다른 의심 없이 그를 뒤따라 들어갔는데, 그가 마인이라는 확신이 있었고 만약 무슨 술수를 부린다고 할지라도 감당할 만한 자신감도 있었기 때문이다.

그 둘은 사람들의 시선을 피해서 여러 차례 비좁은 골목 사이를 걸었다. 걷는 도중, 단시월은 바닥에 고인 더러운 물웅

덩이마다 발을 담그고 핏물을 빼냈다. 그런데 그의 신발은 뭔가 특별하게 제작된 것인지, 단순히 물로 몇 번 적신 것만으로 완전히 새것처럼 변했다. 겉보기에는 별다른 점이 없었으나, 만약 평범한 천으로 만들어졌다면 절대로 핏물을 그리 쉽게 뺄 수는 없을 것이다.

피월려는 궁금증이 들었다.

"혹시 각법을 주로 펼치시오?"

단시월은 걸음을 멈추지 않고, 돌아보지도 않으면서 대답했다.

"각사(脚士)라면 각사죠. 근데 별로 듣기 좋은 게 아니지 않습니까? 각법사(脚法士)라고 해야 하나? 그렇게 하면 너무 좌도인 것처럼 보이고. 참… 검객(劍客)이란 표현도 있으니, 각객(脚客)이라 표현해야 하나… 그것도 별로 신통치가 않습니다. 젠장. 이미 이 바닥에서 쓰는 용어들이 전부 검에만 초점을 맞추고 만들어졌으니 뭐, 나 같은 비주류들은 뭐, 어쩌라는 겁니까?"

"그, 글쎄."

"검기니 검강이니, 검환이니… 젠장, 거기다 각자를 넣어보십시오. 각기, 각강, 각환… 뭐 이런 쓰레기 같은 표현이 있나."

"……"

"장(掌) 새끼들은 어떻게 장풍이란 말로 교묘히 넘어갔지 않습니까? 쓰레기들, 남자도 아니지. 여기서부터는 다 새끼를 넣으십시다. 검 새끼, 도 새끼, 장 새끼, 각 새끼. 어떻습니까? 공평하지 않습니까?"

"……."

"이제부터 다른 부분도 용어를 바꿔야겠습니다. 흠, 검기는 뭐가 좋을까, 좋은 생각 있으십니까?"

"아니, 없소."

"검객을 대표하는… 아니, 검 새끼들을 대표할 소중한 기회를 드리는 것입니다만?"

"사양하겠소."

"정 그러시다면……."

단시월은 그 후에도, 시종일관 입으로 뭔가를 중얼거리면서 걸음을 옮겼다. 뚜벅뚜벅 걷는 그 모습은 사정을 알지 못하고 볼 경우, 세상의 어지러움에 대해서 고민하는 한 학자의 모습과 같았다.

피월려는 각법에 대해서 묻는 것으로 입고를 열었지만, 사실 각법에 대해서 물어보고 싶은 점은 따로 있었다. 지금 그가 넘지 못하는 벽이 검경이니, 각공(脚功)에서는 어떻게 발경을 할지 궁금했기 때문이다.

각법사도, 권법사처럼 어떤 무기를 사용하는 것이 아니라 자신의 몸을 쓰는 것이니, 발경의 한계가 분명히 있을 것이다.

그러니 무기와도 같은 장갑이나, 신발로 발경을 해내는 것이 피월려가 유추해 낸 답이고, 그는 그것을 확실하게 확인하고 싶었다.

그러나 단시월의 상태를 보니, 그런 주제로 진지하게 이야기 할 수 없을 것 같았다. 피월려가 본 천마신교 낙양지부에 있 는 모든 마인들은 정상의 범주에서 벗어난 인물이 많았다. 그 러나 지금까지 단시월과 같은 수준에 이른 이는 본 적이 없었 다.

피월려는 단시월의 뒤를 따르며, 그의 신발을 계속해서 주 시하면서 용안으로 온갖 정보를 끌어모았다. 대화로 답을 얻 을 수 없으니, 관찰만이 그에게 유일한 수단이었기 때문이다. 피월려의 눈빛은 차갑게 불타오르며, 단시월의 뒷모습을 하나 도 놓치지 않고 좇았다.

단시월은 각법을 수련한 사람답게 걷는 걸음부터 뭔가 심 상치 않았다. 보편적으로 보법을 수련하는 무림인들은 범인보 다 가볍고 유동적으로 걸음을 걷는다. 냉혹한 자연에서 사는 맹수의 걸음처럼 어떠한 상황에도 대처할 수 있도록 준비하 는 것이다.

그들은 그렇게 일다경 동안이나 골목 사이사이를 누볐다. 단시월은 새로운 용어를 찾는 것에, 피월려는 단시월의 걸음 을 관찰하는 것에 집중하고 있었기 때문에 대화가 없는 시간이었음에도 매우 빨리 흐르는 듯했다.

단시월은 햇볕이 내리쬐는 대로로 나갔고, 피월려도 서둘러 뒤따라갔다. 피월려가 주위를 살펴보니, 곳곳에 전국에서 몰려든 장사치가 수를 셀 수 없을 만큼 모여 있었다. 그곳은 낙양의 상권이 자리를 잡은 낙양의 중심지였다.

태양이 하늘의 가장 높은 곳에 이르는 시간이 되니, 사람들은 하나둘씩 식사를 하려고 삼삼오오 모여들었다. 그러니 원래 붐비는 이곳이 발조차 내디딜 수 없을 만큼 더욱 붐비게 되는 것이다.

피월려는 단시월의 행보를 뒤쫓기 위해서, 허겁지겁 그를 따라갔다. 그는 앞사람 뒷목에 흐르는 땀조차 보일 정도로 가득 찬 그 군중 사이를 잘도 지나다녔다. 마치 온몸에 기름을 발라놓은 듯했고, 거친 물살을 헤엄치는 물고기와도 같았다. 아마 각법의 고수인 만큼, 보법에 관해서는 본인의 원래 실력보다 한두 차원은 더 높은 경지를 이룩했을 것이기에 가능한 걸음일 것이다.

피월려는 지금이야말로, 제대로 관찰할 기회라고 생각했다. 아무런 방해물도 없던 골목에서의 걸음은 뭔가 감춰져 있다는 것만 어렴풋이 알 수 있을 뿐, 그것이 무엇인지는 보이지 않았다. 하지만 이렇게 붐비는 곳에서는 무의식적으로나마 고차원의 보법을 펼치게 될 것이니, 분명히 용안으로 파악할 수 있을 것이다.

용안은 근본을 본다.

보이는 것을 놓치는 법은 없다는 말이다.

피월려는 내력을 조금 동원해서 거칠게 사람들을 밀기까지 하면서도, 단시월의 걸음을 따라잡았다. 새로운 사람들이 계속해서 시야를 방해했지만, 그는 놀라운 집중력을 발휘하여, 단시월의 걷는 그림을 머릿속에서 완성했다.

뚜벅.

피월려의 시야에서 단시월의 발을 제외한 세상의 모든 것이 검게 물들었다.

뚜벅.

피월려의 귓가에서 단시월의 발소리를 제외한 세상의 모든 소리가 모두 죽었다.

뚜벅.

가끔 그 어둠이 단시월의 발을 가렸지만, 모든 조각을 찾아 짜 맞춘 용안의 위력으로, 그 어둠조차 꿰뚫어 볼 수 있었다.

심상(心狀)의 세계에서는 현실이 간섭할 수 없다. 시간도 공간도 피월려의 마음이다. 한없이 느려질 수도 있고, 한없이 확대될 수도 있다.

피월려는 그 속에서 여러 가지를 볼 수 있었다.

양발의 움직임은 마치 거울을 맞댄 것처럼 좌우를 뒤바꾸면 완전히 동일하다. 그리고 그 움직임의 시작과 끝은 서로 연결되어 있어, 발 하나의 움직임이 끝나는 순간, 다른 발의 움직임이 시작되었다. 피월려는 설마 하는 생각에, 시간을 거꾸로 되돌렸다. 그러자 그 두 다리의 움직임이 매끄럽게 돌아가는데, 그조차도 전과 정확히 동일했다.

단시월의 걸음은 시공간에 완벽한 대칭을 이룬다.

그것은 무엇을 뜻하는가?

유형(有形)의 극(極)이다.

즉, 무형(無形)이다.

어떤 방향으로도 움직일 수 있는 최상의 걸음, 그 자체.

피월려는 심지어 아름다움까지 느꼈다.

그때, 단시월의 걸음이 우뚝 멈췄다.

피월려는 퍼뜩 정신을 차리며 주위를 돌아보았는데, 그는 어느새 중심지의 군중에서 벗어나 한 한적한 객잔에 와 있었다. 그리고 그의 앞에는 널찍한 상을 홀로 차지하고 술잔을 기울이는 소오진이 있었다.

소오진은 피월려를 묘한 눈빛으로 물끄러미 바라보며 말했다.

"네가 남자의 발을 그리도 사랑하시는지는 몰랐다."

"가, 갑자기 그게 무, 무슨 말이오?"

"아니, 뭐. 내 생전 그토록 사랑을 품은 눈빛을 본 적이 없는 터라 하는 말이다."

"해괴망측한 망언은 그만두시오."

"뭐, 그건 그렇고… 단시월, 어쩌다가 피 대원을 만난 것이지?"

단시월은 피월려를 슬쩍 훔쳐보았다.

"저희 제사대와 임무가 같은 듯합니다. 그래서 데려왔죠. 그런데 사랑스러운 눈빛이라는 건 뭡니까?"

피월려는 양손을 허우적거리며 말했다.

"아, 아무것도 아니오."

단시월은 눈을 게슴츠레 뜨며 능글거렸다.

"처음이군요. 남자한테 그런 눈빛이라니. 남색(男色)이라… 한 번도 생각해 보진 않았지만, 좋은 경험이 될 것 같습니다."

피월려는 남색이란 말에, 경악을 금치 못하며 단호하게 소리쳤다.

"오해하지 마시오. 전혀 그럴 생각 없으니."

"하악, 하악."

"……."

"하악."

"……."

심히 안 좋다.

피월려는 도움을 구하는 눈길로 소오진을 보았지만, 그는 표정에 변화도 없이 조용히 술잔을 기울일 뿐이었다.

단시월은 피식 웃어버리더니, 소오진의 앞에 앉았다. 그러고는 피월려를 돌아보며 고개로 옆자리를 가리키고 말했다.

"앉으시지요."

피월려는 난감했지만, 이대로 언제까지고 어정쩡하게 서 있을 수는 없었다. 그는 자리에 앉았고, 소오진은 술잔을 건넸다.

"임무가 같다는 것이 사실인가?"

피월려는 물처럼 투명한 술이 가득 담긴 술잔을 바라보며 전에 있었던 마기의 폭주가 불현듯 생각났지만, 마기도 안정적이고 거절하기도 미안해서 그냥 받아 들이켰다. 오랜만이라 그런지, 쓴맛이 목구멍을 타고 흐르는 감촉이 기분 좋은 여운을 남겼다.

피월려는 입가에 묻은 술 방울을 소매로 닦으며 말했다.

"광소지천 지명무를 죽이러 가는 것이라면, 같은 임무이오."

"그렇다면, 같은 임무가 확실하군. 일소무하와 철면호는 잘 처리됐나?"

그때 마침, 단시월은 술병째 들고 술을 입에 들어붓는 터라 대답할 수 없었다. 피월려는 술을 먹는 간단한 행동조차 다른 사람과 그 궤를 달리하는 단시월이 이제는 익숙해져 버릴 것 같았다. 단시월은 눈알을 부릅뜨며, 술을 마시는 것과 동시에 말하는 인간의 한계에 도전했고, 그것을 안쓰럽게 생각한 피월려가 대신해서 대답해 주었다.

"단 단주가 모두 처리했소. 나는 그것을 지켜보기만 했소."

소오진은 단시월에게 괜찮다는 손짓을 하며 피월려에게 말을 돌렸다.

"그럼, 시체는?"

"단 단주가 워낙 화려하게 처리한 후라, 누구라도 수습이 불가능할 것이오."

"대충 그림이 그려지는군. 그러나 상관은 없겠지. 그럼 피 대원, 우리와 함께 행동하겠나? 그냥 지부로 돌아가도 상관은 없지만."

말만 들으면 소오진이 조롱하려는 것으로 생각할 수 있으나, 그의 표정은 보통 대화를 하는 편안한 얼굴이었다. 피월려는 그에게 악의가 없음을 깨닫고는 단도직입적으로 물었다.

"혹 내가 같이 행동하는 것이 꺼려지시오?"

소오진은 고개를 돌렸다.

"전혀."

"그렇다면 같이 행동하는 것이 좋겠소."

"그 전에, 왜 본 교에서 제사대와 네게 같은 임무를 주었을까? 넌 어떻게 생각하지?"

"똑같은 일을 개별적으로 명령했다면, 이는 시간을 단축하기 위함이 아니겠소?"

"그거야 그렇지만, 굳이 서로 모르게 명령을 내릴 이유가 없지. 어차피 정보야, 마조대에서 구할 테니 최종적으로 둘 다 같은 정보로 시작하지 않나? 결국은 같은데, 왜 처음부터 같이 행동하라 하지 않았을까?"

피월려는 잠시 생각하더니 말을 꺼냈다.

"지금 본 지부에서 살막과 하오문과 여러 관계를 조율하고 있다는 것은 알고 있소?"

소오진은 고개를 끄덕였다.

"잘 알고 있지."

"곧 하오문주가 방문하여 약조가 오가면 여러 조항을 세워야 할 텐데, 그때를 대비해서 하오문에 관한 정보를 모조리 끌어모을 필요가 있소. 아마 그 일 때문에, 마조대가 제대로 활동하지 못하여 개별적으로 임무를 부여한 것인 것 같은데. 알아서 정보를 수집해서 임무를 완수하라는 뜻 아니겠소?"

소오진은 피월려의 의견에 동의하며 고개를 끄덕였다.

"그렇군."

"또한… 광소지천이 끝이 아닐 수도 있소."

"그래? 그건 왜 그렇지?"

"개별적인 임무 부여의 이유가 정보의 부재라면, 굳이 우회하며 표현할 리 없소. 마교인이 아닌 마인을 죽이라는 명… 그것의 의미는 이렇게 해석해야 할 것이오. 지부에서 죽여야 하는 인물이 있다. 그 인물은 첫째, 마공을 쓰고 둘째, 마교인이 아니다. 이 이상의 정보는 알아낼 수 없으므로 알아서 처리해라."

"그러므로 일단 낙양에 존재하는 무림인 중, 해당 사항에 속하는 인물을 모조리 죽이라는 건가? 가능성이 있는 인물들이니? 그건 지부장께서 고려해 보지도 않을 무식한 방법이다."

"그렇다기보다는, 이 이상 더 많은 정보를 캐는 것보다 이 정보에 해당하는 자들을 모두 죽이는 것이 오히려 효율적이라고 지부장께서 판단한 것일 것이오."

정보를 수집하는 이유는 어떤 계획을 실행하기 위함이다. 질 좋은 정보를 많이 가지면 가질수록, 더욱 효율적인 계획을 짤 수 있기 때문이다. 하지만 정보를 수집하는 그 자체도 노동이므로, 계획을 짜기도 전에 힘을 쓰는 것과 같다. 즉 계획 실행의 시기를 현명하게 결정하는 것은, 어느 정도까지 정보를 수집하는 것이 가장 효율적인지 결정하는 것과 일맥상통한다.

현 상황은 깊은 정보를 파내어 좋은 전술을 짜기보다는, 적은 정보를 가지고 인해전술로 밀어붙이는 식이다.

소오진은 피월려의 말을 이해하고는 나지막하게 말했다.

"그렇다면 차라리 따로 행동하는 것이 좋겠군. 네 말을 완전히 동의하는 것은 아니지만, 지부장께서 개별 행동을 염두에 두었다는 점은 이해했다."

"그래서 그런데 혹시 제사대에서 새롭게 알아낸 정보가 있소? 예를 들면, 광소지천 말고도 다른 마인에 대해 말이오."

피월려의 말에 소오진은 피식 웃으면서 곁눈질로 단시월을 가리켰다.

"저 녀석은 눈앞에 서찰이 떨어져 있어도 읽어보지도 않을 놈이지. 저런 놈을 아래 두고 어떻게 정보를 모으겠나?"

"다른 사대원들이 있을 것 아니오?"

"아니, 없다."

피월려는 갑자기 뚝 떨어진 듯한 소오진의 말을 이해할 수 없었다. 없다니? 무슨 뜻인가?

단시월은 손을 번쩍 들고 점소이에게 술 한 병을 더 가져다 달라는 시늉을 하며 다른 손으로 피월려의 어깨를 툭툭 쳤다.

"없다는 말이 없다는 말이지. 뭐겠습니까? 우헤헤."

피월려는 그를 슬며시 올려다보았다.

"그럼 제사대에 대원은 단 단주 한 명뿐이라는 것이오? 단주라니 단원이 있을 텐데 단원들은 어디 있소?"

단시월은 손가락을 입에 물고는 크웅거리며 고민하더니 행하니 표정을 굳히면서 딱딱하게 말했다.

"단원이요? 다 죽였죠."

"……."

피월려는 생애 다시 하지 않을 표정을 지어 보였다.

소오진은 조용한 목소리로 설명했다.

"낙양지부 사정에 대해서는 잘 모르는 것 같으니, 설명해 주지. 우리 제사대는 단시월과 나, 이렇게 둘뿐이다."

피월려는 묻지 않을 수 없었다.

"제사대는 무엇을 하는 곳이오? 무엇을 하는 곳이기에 두 명밖에 없소?"

소오진은 대답하지 않고 잠시 뜸을 들였다. 점소이가 술병을 가져왔고, 단시월은 소오진의 잔에 술을 따랐다. 소오진은 그것을 들어 피월려 앞에 내밀며 말했다.

"우리 제사대는 천마신교 낙양지부에조차 섞이지 못하는 광기가 극에 달한 마인들이 최후로 남는 곳이다. 벼랑 끝이지. 하지만, 미친 녀석들이 벼랑 끝이라고 얌전할 리가 있나? 결국 여러 가지 일이 발생했고 단 단주밖에 남지 않았다."

"……"

단주란, 대주 아래 있는 직위이다. 그런데 단주 아래로 사람이 없는데도 자칭 단 단주라 표현하고 또 소오진도 그렇게 부르는 이상 피월려도 그를 단 단주라 칭해야 할 것인데, 자기 부하를 모두 죽인 자가 어떻게 단주란 이름을 계속 쓰는지 그것이 의문이었다.

아마 전에 말했듯, 단 단주에 단이 두 번 나오는 것이 재밌어서 그럴 것이다. 그런 단순한 이유 때문에, 단주라고 불러 달라 할 정도로 단시월은 미친 자다.

소오진이 말을 이었다.

"뭐, 저 녀석이 말도 안 되는 명령을 내리기도 했지만… 명불복은 곧 생사혈전으로 이어지는 것이 본 교의 율법이니. 단단주를 죽이지 못하는 이상, 사대원의 숫자가 늘어나는 경우는 없겠지."

피월려는 소오진의 방관적인 태도에 기가 찼다.

"소 대주는 참으로 관대한 대주이시오. 단주가 자기 단원을 하나도 남김없이 도륙하는 것을 그냥 둔단 말이오?"

"미친개들의 서열은 미친개들끼리 정하는 거지, 내가 상관할 수 있는 것이 아니다. 피월려, 네놈도 광기에 미쳐 냉정한 정신을 유지할 수 없게 되면, 제사대에서 단시월과 생사혈전을 하게 되는 것은 불 보듯 뻔하지. 지금도 보름에 한 명씩은 꾸준히 들어와서 단 단주의 손에 주검이 된다. 마공이란 절대 쉽게 볼 수 있는 것이 아니야, 그렇지 않나?"

"……."

소오진은 그 말을 끝으로 자리에서 일어났다. 그 모습을 본 단시월은 막 입에 댄 술병을 떼며 다급하게 따라 일어났다.

소오진이 말했다.

"그럼 나와 단 단주가 광소지천을 처리하겠다."

피월려는 등을 돌리는 소오진을 서둘러 따라갔다.

"잠시."

"왜지?"

"지명무는 내게 맡겨주시오. 내가 처리하겠소."

"지명무? 아… 광소지천을 말하는군. 아는 자인가?"

"그렇소."

소오진의 눈빛이 날카로워졌다.

"사정이 있군."

"……."

"알았다."

소오진은 몸을 돌려 휘적휘적 걸어 밖으로 나갔다. 그를 반보 뒤에서 따라가던 단시월은 모습을 감출 때까지 피월려의 얼굴을 응시하며 괴기한 표정을 유지했다.

허기가 진 피월려는 객잔에 홀로 남아 허기를 달랬는데, 음식을 다 먹을 때까지 단시월의 표정이 잊혀지지 않아 뜻하지 않는 고생을 해야만 했다.

*　　　　　*　　　　　*

광소지천(狂嘯泚川).

이 이름은 원래 한 사람의 별호가 아니다. 그것은 호북성 무당산 북쪽에 있는 한 강의 이름이다.

그 강의 특징은 이름에서도 알 수 있듯이 물소리가 특이한 것인데, 그 소리가 마치 옥피리와 휘파람 소리와 같다 해서 지어진 이름이다. 상류에서 흐르는 시냇물은 대부분 졸졸 흘러내리지만, 이 광소지천은 땅 속과 땅 밖을 수시로 들락날락하는 복잡한 물길을 가지고 있기 때문에, 그 어지러운 흐름에 의해서 주변 공기를 울린다.

이 괴기한 소리는 무당파에서 어린 제자들에게는 항상 공포의 대상이다. 광소지천에는 괴물이 사는데 말을 잘 듣지 않으면 그 괴물이 그들을 잡아간다는 식의 케케묵은 교육 방법으로 어린 제자들을 겁에 질리게 한 뒤, 무당파의 혹독한 훈련을 받게 만드는 것이다. 강한 불만을 표한 어린 제자도 광소지천이 흐르는 동굴에 하루만 가둬두면 누구보다도 열심히 수련하는 사람이 될 정도로, 그 소리는 은은한 공포심을 불러일으키는 마성이 있다.

피월려는 지금으로부터 7년 전 열여덟이 되는 여름, 호북성 무당산 주변에 있었다. 그때의 호북성은 중소문파 여럿이 연합하여 구파일방의 기둥 중 하나인 무당파에 대적하는, 전 무림을 떠들썩하게 만든 일이 있었다.

고귀한 무당파의 체면상, 누군가의 도움을 청할 수 없었다. 그리고 직접적으로 상대하는 것도 탐탁지 않았다. 무당파가 어떤 문파이거늘, 어린아이 몇 명이 함께 대적한다 하여 칼을 뽑아 들 수는 없다. 그들은 고민 끝에, 자신을 지켜줄 다른 어린아이를 고용하기 이른다.

무당파와 같은 무림방파는 산속에 틀어박혀 주야장천 무공만 익히기 때문에, 명성 덕에 들어오는 돈은 있어도 딱히 나가는 돈이 없어서 안에 쌓이는 재물이 어마어마하게 많다. 그 재력을 동원하여 전 중원의 낭인을 고용하니 중소문파들보다 더 숫자가 많아지기 이르렀다. 그들은 거룩한 자태를 뽐내며 무당산 위에서 속세의 싸움을 지켜보는 신선이라도 된 듯, 단한 명도 칼을 뽑지 않은 채 고용한 낭인들에게 모든 것을 맡기고 뒷짐을 졌다. 결국, 그 일은 중소문파의 패배로 이어졌고 무당파는 마치 뒷간의 쥐새끼 몇 마리라도 잡은 것처럼 태연하게 행동하며 그 위엄을 과시했다.

피월려도 무당파에 고용된 낭인 중 하나로 그곳에 있었다. 낭인의 일은 여러 대규모 문파 간의 싸움에서 소모품으로 사용되는 경우가 태반이었고, 피월려는 몇 번의 경험을 통해 적당한 시기에 전장을 이탈하는 법을 잘 알고 있었다.

그날도 수많은 무림인이 허허벌판에서 죽어가며 점점 진해지던 전장의 살기가 극도로 치솟은 날이었다. 그날은 공기 냄새조차 다른 듯했다. 피월려는 아침에 눈을 뜨자마자, 오늘 당장 이곳을 이탈해야 한다는 것을 본능적으로 알았다.

적당히 눈치를 보며 주위를 살피던 그는, 머릿속으로 생각해 뒀던 퇴로로 유유히 전장을 빠져나갔다. 낭인들의 신음과 한탄이 버무려져 절망밖에 남지 않은 그곳에서 피월려의 행보를 딱히 주시하는 사람은 없었다.

피월려는 자기가 생각해도 완벽하다 할 정도로 은밀히 행동했다. 그의 존재는 그렇게 전장에서 증발했다.

해가 떨어지고 낮의 열기가 식자, 피월려는 먹을 것을 찾아 산속을 헤맸다. 나무에서 열리는 이름 모를 열매를 몇 개 따다가 배를 채운 그는 전장을 한눈에 바라볼 수 있는 높은 곳을 발견했다. 그곳은 집채만 한 바위가 절벽에 아슬아슬 걸려 있는 듯했지만, 수천 년 동안 균형을 유지했기 때문에 피월려 하나쯤 올라간다고 무너질 리 없었다.

사람이 죽고 사람을 죽이는 그 광경을 떡하니 자리 잡고 구경하고 있으니, 낭인들이 그리 욕해대던 무당파의 입장이 된 듯했다. 마치 어렸을 때, 곤충 두 마리를 잡아다가 싸움을 붙였던 그 장난과 똑같지 않은가?

피월려는 지금이 차라리 낮이었으면 좋겠다고 생각했다. 한 손에는 횃불을 들고 다른 손으로는 검을 들고 싸우는 그 우스꽝스러운 광경을 밤의 어둠이 반감시키고 있으니, 통탄할 일이 아닐 수 없었다.

그런데 피월려의 눈에 한 인물이 띄었다. 검기도 뭐도 없는 삼류, 이류들의 싸움에서 유독 홀로 뛰어난 검술을 자랑하며 상대를 단숨에 일도양단하는 그 솜씨는 가히 귀신과도 같았다. 적 아군도 없이, 앞에 있는 자는 일단 베어버리고 마는 그 괴물은 그 전장의 지배자가 되어 군림했지만, 밤의 어둠이 그 모습을 가리는 터라 낭인들은 전체적인 상황이 어떻게 돌아가는지도 모르고 계속 싸움을 해나고 있었다.

결국, 전장에 그 괴물만이 홀로 살아남았다. 피월려는 그를 보며 무당파의 것과는 다른 위엄을 보았다. 그것은 어린아이의 싸움을 뒷짐을 지고 보는 어른의 것이 아닌, 직접 싸움에 참여하여 모조리 도륙해 버리는 괴물의 것이다.

그 괴물은 마지막 일 검을 내려치고는 슬쩍 고개를 움직였다. 그런데 그 방향이 정확히 피월려를 향하고 있었다. 그 괴물에게는 밤의 어둠도 영향을 미치지 못하는 듯했다.

피월려는 간담이 서늘해졌다. 설마 그가 자기를 보고 있을 것이란 생각은 하지 않았다. 그의 주변에는 불이 없었기 때문이다. 그럼에도, 그 괴물은 빠른 속도로 피월려 쪽으로 달리기 시작했다.

우연일 리가 없었다.

피월려는 후다닥 그 바위에서 내려왔다. 그리고 무작정 반대편으로 달리기 시작했다. 그러나 야생의 숲은 달빛과 별빛에만 의존하여 움직일 수 있을 정도로 만만한 것이 아니다.

그렇게 지쳐가는 와중에 그의 귀에 물소리가 들리기 시작했다.

마음속으로 쾌재를 부른 그는, 서둘러 물소리를 따라가 달렸다. 그런데 거리가 가까워지면 질수록 더욱 소리가 커져야 할 터인데, 이상하게 소리는 피리나 휘파람 같은 괴기한 소리로 바뀌기만 할 뿐 그 크기에는 차이가 없었다.

그러나 피월려는 그런 것에 신경 쓸 겨를이 없었다. 언제라도 그 괴물이 뒤에서 덮칠 것 같은 공포심은 한낱 소리 때문에 느낄 만한 공포심에 비할 수 없이 컸기 때문이다. 그는 빠르게 주변을 훑어서 숨기 좋은 동굴 안으로 몸을 숨겼다. 그리고 그는 심호흡을 하며, 미동도 하지 않고 조용히 있었다.

반각도 되지 않아, 괴물이 도착했다. 그 괴물은 코를 킁킁거리며 냄새를 맡더니 중얼거리듯 말했다.

"여기가 맞는데."

일단 말을 할 수 있는 것을 보니 사람은 사람인가 보다. 피월려는 이렇게 있다가는 어차피 죽게 될 거, 대화라도 해볼 심산으로 나가려 했다.

그런데 그 괴물의 말을 들은 것은 피월려만이 아니었다.

"웬 놈이냐!"

멀찌감치, 한 남자가 큰 소리로 외치며 검을 뽑아 들었다. 백색의 도복을 입고 달빛을 깨끗하게 반사시키는 좋은 검을 가진 것을 보면, 무당파의 인물이 분명했다. 피월려는 그 남자의 오지랖 덕에 굳이 사서 도박할 필요가 없었다.

"웬 놈? 버러지가 이 몸이 누군지 알 필요는 없다!"

괴물은 달려들었고, 무당파의 인물과 정면으로 격돌했다. 보통 낭인들과는 다른 멋진 승부가 벌어졌고, 양패구상으로 끝이 났다.

"네놈은 이제 무당파와 척을 진 것이다! 신변을 조심히 해야 할 것이야!"

무당파의 인물은 피에 젖은 도복을 움켜쥐고, 보법을 전개하며 시야에서 사라졌다. 괴물은 비웃음을 흘렸지만, 다리에 상처를 입은 그는 보법을 전개할 수 없었다.

"야. 일로 와봐."

피월려는 그가 자신에게 말한 것임을 알 수 있었으나, 공포심에 나가지 못했다. 그러나 두세 번을 그리 말하자, 모습을 드러낼 수밖에 없었다.

"일로 와서, 여기 좀 잡고 있어 봐라."

피월려는 그가 하는 말을 군말 없이 따랐다. 무당파라는 전설적인 문파의 인물과 동등하게 싸운 그 괴물은 젊은 피월려에게 있어, 알게 모르게 동경의 대상이 되어버린 것이다.

그렇게 지혈을 도와주고, 그는 자신을 지명무라 소개했다. 그리고 그는 이제부터 자기를 따라다니라 했다.

혼자는 심심하다는 것이 이유였다.

피월려는 그의 검술을 좀 더 보고 싶다는 생각이 앞서 그 말을 수긍했다. 그러나 광소지천이란 별호와 함께 무당파의 척결 대상이 되자, 생명의 위협을 느끼는 날이 가면 갈수록 많아졌다. 그래서 피월려는 적당한 기회를 노리다가, 반년도 채 되지 않아서 도망쳐 버렸다.

그렇게 인연은 끝이 나는 듯했다. 적어도 그렇게 생각했다.

피월려는 회상을 마치면서 황금천(黃金天)에 들어섰다. 그곳은 일확천금을 노리는 여행객들과 낙양을 방문한 거상들을 대상으로 한 거대한 도박장이다. 처음에는 고급 도박장을 자처하며 온갖 귀중품으로 3층 전각 전부를 고풍스럽게 치장해 놓았지만 도박장을 찾는 사람들이 그런 것에 관심을 둘 리 만무했고, 한 해, 한 해가 흐르면 흐를수록 다른 도박장과 다를 바 없는, 조금 크기만 큰 흔하디흔한 도박장이 되었다.

피월려는 그곳에 들어서자마자, 한쪽 구석에서 광소지천을 발견할 수 있었다. 금을 찾는 사람들의 후끈한 열기로 가득 찬 도박장 중 가장 차가운 그늘 속에서 술병에 코를 박고 잠을 자는 모습은 옆에 칼만 차지 않았다면 누구도 술주정뱅이 거지라 생각할 정도로 망가져 있었다.

무당파의 인물이 코앞에 있다는 정보를 듣고도, 도박장으로 향했던 그의 버릇은 7년이 지난 지금도 여전했다. 피월려는 그에게 다가갔다.

가까이서 보니, 거지보다 더한 몰골이다.

"명소 형님."

피월려는 자기의 입에서 무심코 나온 말에 스스로 놀라 버렸다. 하류잡배들이 자주 사용할 만한 형님이란 단어, 이것이 왜 이리도 어색하게 느껴지는지 알 수 없었다. 18살의 피월려가 그토록 자연스럽게 썼던 단어라는 것이 믿어지지 않을 정도였다.

지명무는 다행히도 그 말을 듣지 못했다. 피월려는 쭈그려 앉아 그의 얼굴을 마주 보면서 다시 한번 말했다.

"지명무."

전보다는 조금 큰 소리에, 지명무는 갑자기 간질에 걸린 것처럼 몸을 떨더니, 확하고 잠에서 깨어났다. 낙양에서 자기를 아는 사람이 없음에도, 누군가 자기 이름을 불렀다는 사실만으로도 그는 지레 겁을 먹었다. 그것은 7년간 지겹도록 따라붙었던 무당파의 꼬리표가 그의 신경을 정신적으로 야금야금 좀먹었기 때문이다.

처음에는 토끼와 같은 눈으로 피월려를 바라보던 지명무의 표정이 점차 일그러졌다.

"뭐, 뭐냐? 너. 너 피월려냐?"

"그렇습니다."

"피, 피월려. 그래… 기억난다. 어, 어떻게 날 찾은 거지? 날 죽일 건가?"

"아닙니다."

"그, 그럼 왜?"

"이번에 낙양에 자리를 잡았습니다. 그런데 형님이 낙양에 왔다는 말을 듣고 찾아온 겁니다."

"네, 네가 여기 자리를 잡았다고? 사, 살림이라도 차린 것이더냐?"

"그건 아닙니다."

"그… 그렇구나."

자신 없는 표정과 눈빛, 그리고 더듬는 말투. 피월려는 무당파의 인물도 두려워하지 않던 그 괴물이 이토록 나약한 인간이 되어버렸다는 사실에 통탄을 금할 수가 없었다.

6개월간 따라다니며 옆에서 지켜본 그는 남자 중의 남자요, 무림인 중의 무림인이었다. 무당파의 척살령이 떨어졌어도, 코웃음을 치며 대도시를 누볐던 그 배짱은 아직도 기억에 남아 있었다. 그는 자존심을 조금만 구기면 충분히 비켜갈 수 있는 문제까지도 무조건 정면으로 돌파하는 강직한 성격의 소유자였다. 최종적으로는 그것이 피월려가 그를 떠나게 된 이유가 되었으나, 그래도 피월려는 그를 무식하다고 욕하지 않았다. 오히려 자기의 힘에 대한 강한 자신감이 부러웠었다.

마공을 취함으로 절정급에 올라선 피월려와, 오랜 시간 공포에 시달리며 나약해진 지명무 사이에는 7년이라는 긴 공백이 자리 잡고 있었다. 신이 아니고서야, 그것을 메울 수는 없을 것이다.

  지명무는 피월려와 대화하는 와중에도 매 순간 눈동자를 굴리며 주변을 확인했다. 그 모습은 마치 사슴이 풀을 뜯으면서도, 맹수가 주변에 없나 하고 수시로 고개를 드는 모습과 같았다.

  "여기에 자리를 잡았다고 해서 묻는 것인데… 그, 혹시 부탁 하나만 해도 될까?"

  "무엇입니까?"

  "그, 그니까……."

  지명무는 차마 말로 표현하지는 못하고 양손을 비비면서 표정을 찡그릴 뿐이었다. 피월려는 그가 원하는 것이 무엇인지 즉시 깨달았다.

  피월려는 품속에서 은전 몇 개를 꺼냈고, 그것을 바라보던 지명무의 표정이 눈에 띄게 밝아졌다.

  "돈이 필요하십니까?"

  "그, 그래! 지금 딱 필요한 시기야. 아까 전에, 네가 정말로 봤어야 하는데… 나한테 딱 운이 도착하는 시기였다고. 그런데 딱 그때, 내 자금이 부족하지 뭐야, 하하하. 그니까 지금 딱 그 정도면 충분히 대박을 터뜨릴 수 있지. 그러면 내가 두 배로 갚아줄게. 응?"

피월려는 말없이 그에게 돈을 건넸고, 지명무는 싱글벙글해져서 고맙다는 인사도 없이, 도박판으로 쏜살같이 달렸다. 그의 더러운 몸에서 나는 악취에 주변 사람들은 코를 틀어막으면서 뭐라고 따졌지만, 지명무는 여차하면 칼이라도 뽑을 기세로 더욱 크게 반발했다.

지명무가 고래고래 소리치며 뻗은 오른손에는 은전이 쥐어져 있었다. 그의 검은 허리에서 달랑거릴 뿐이었다.

피월려는 멀찌감치 서서 지명무의 옛날 모습을 상상했다. 자기를 조금만 무시해도 거침없이 뽑았던 그의 검은, 다소 무식하긴 해도 남자다웠다. 한때는 그 발검술을 따라 하고자, 검집을 긁어대며 엄지와 검지 사이를 수도 없이 잘라먹었다.

그런 그의 손은 이제 검이 아닌 돈을 뽑는다.

도박사들은 지명무가 가진 돈을 보고 일제히 눈동자가 빛났다. 지명무의 형편없는 도박 실력은 이미 평판이 자자했다. 도박사들은 지명무를 자기 판에만 앉히면, 그의 돈이 자기의 돈이 될 것이라고 확신했다. 지명무를 무시하던 그들은 일제히 아첨꾼으로 돌변해, 그의 비위를 맞추면서 자기 판으로 끌어들이려고 신경전을 벌였다.

지명무는 갑자기 임금이라도 된 듯, 온갖 유세를 부리면서 곧 도박장에서 가장 큰 판돈이 오가는 곳으로 향했다. 그러나 은전 아래로는 취급하지 않는 그 고급 판에서, 고작 은전 몇 개를 가지고 얼마나 버틸 수 있겠는가? 그는 반각도 되지 않아 피월려가 준 모든 돈을 다 써버리고, 도박판에서 쫓기듯 도망 나올 수밖에 없었다.

돈을 모두 잃고, 처량하게 걷는 그에게 신경 쓰는 사람은 아무도 없었다. 지명무는 우울한 표정을 지으며 결국 피월려의 앞에 다시 왔다. 피월려의 눈치를 슬며시 살피더니, 갑자기 손뼉을 치면서 쾌활한 표정으로 돌변했다.

"아! 아하하! 이거 참! 내가 거의 다 땄거든? 정말이야. 응? 근데 딱 아쉽게 한 번! 딱 거기서 그놈이 호패를 들고 있었을 줄 누가 알았겠어? 정말로 이번에 땄으면 내가 동생 돈을 다 갚을 수 있는 건데, 말이지. 응? 아… 정말 아까워."

지명무에게 돈을 건넸을 때부터 지금까지, 피월려의 표정은 변화가 없었다. 피월려는 말없이 또다시 품속을 뒤적거렸고 그 모습을 은근슬쩍 보던 지명무의 눈에는 기대가 차올랐다.

피월려는 은전을 꺼내며 말했다.

"이번에는 형님께서 꼭 따시리라 아우는 믿습니다."

재물을 탐내는 서늘한 눈빛은 은전에 동결됐다. 지명무는 혀를 날름거렸다.

"그, 그거야 물론이지!"

"그런데 그 전에⋯ 혹시 이틀 전에 동문 주위에서 있었던 일에 대해서 아는 것이 있으십니까?"

"이틀 전? 무슨 일이 있었는데?"

"이백여 명이 한 사람에게 도살당했습니다."

"아, 그 낙양흑검(洛陽黑劍)? 내가 동문으로 들어올 때, 무림인 다수가 그놈 추살한다고 모여 있었지. 언사(偃師)로 도주했다 하는데⋯ 그, 그런데 이번에는 정말로 딸 수 있어. 전에 빌린 것까지 해서 두 배로! 아, 아니, 세 배로 갚아줄게! 어?"

피월려는 고개를 끄덕이며 은자를 넘겨주었다.

"안 갚으셔도 됩니다."

"으, 웅? 저, 정말?"

"네. 형님에게 어찌 돈을 받겠습니까. 그냥 편하게 쓰십시오."

"그, 그러면 고맙게 쓸게."

지명무는 후다닥 도박판으로 향했고, 후다닥 다시 쫓겨나왔다. 피월려는 울상을 짓는 지명무를 보며 포근한 미소를 지었다.

"배가 고프시지는 않습니까?"

"그, 그러고 보니 벌써 두 끼나 굶었네. 하하하."

"형님 실력이 제대로 나오지 않는 이유는 분명히 허기 때문일 것입니다. 일단 배를 채우면 운도 따라오지 않겠습니까?"

"그, 그렇지! 역시 아우야! 정확하군!"

"그럼 일단 식사라도 합시다."

"좋다. 내 이번 한 번만은 특별히 아우가 사주는 밥을 먹겠다. 하하하."

지명무는 언제 은자 8냥을 잃어버렸느냐는 듯이 호탕하게 웃었다. 피월려는 그와 함께 황금천에서 나와서 주변에 있는 허름한 객잔을 찾아 사람이 없는 골목으로 들어섰다.

그런데 한 건장한 무리가 그들의 앞을 가로막았다. 딱 보아도 삼류무사의 실력에도 미치지 못할 동네 파락호밖에 되지 않았다.

"어이, 지명무. 우리 돈을 썼으면 이제 슬슬 갚아야 할 것 아닌가? 어디를 그렇게 가는 거야? 응?"

지명무는 그들의 얼굴을 확인하더니 갑자기 겁에 질린 토끼처럼 몸을 흠칫 떨었다.

"지, 지독한 놈들… 여기까지 따라온 것이냐?"

"지독한 건 돈을 안 갚는 네놈이지. 잊지 마라. 우리는 언제라도 무당파에 네놈이 어디 있는지 낱낱이 알려줄 수 있다는 것을. 그러니 그런 시답지도 않은 무공 하나 익혔다고 저번처럼 지랄했다가는, 생명을 장담할 수 없을 거야."

피월려는 이게 협박인가, 라는 의문이 들 정도로 우습기 그지없었다. 그런데 지명무에게는 확실히 먹히는 듯했다. 지명무는 아무런 말도 못 하고 입술을 잘근 깨물더니 양손을 앞으로 뻗으며 실실 웃었다.

"아하하… 치, 친구들, 이게 웬 말인가? 응? 무당파라니? 서, 설마 연락한 건 아니겠지? 응? 내, 내가 꼭 돈을 갚을 테니까… 무당파에는 연락하지 말아 줬으면……."

짜증 난다.

피월려는 갑자기 검을 뽑음과 동시에 지명무의 목을 따버렸다. 그것은 눈에 보이지 않을 정도로 빠른 발검술이었다.

지명무의 비굴한 표정이 그대로 남은 머리가 떨어지면서, 공중에 혈선을 그렸다.

"으, 으악!"

"어억!"

목에서 뿜어지는 선혈의 파도에 온통 몸이 피범벅이 된 파락호들이 여자 같은 비명을 지르며 뒷걸음질 쳤다.

피월려의 표정에는 어떠한 감정도 없었다.

지명무를 죽였을 때부터 마지막 파락호의 심장에 검을 찔러 넣을 때까지… 그는 무표정으로 일관했다.

피월려가 중얼거렸다.

"아까의 발검, 그건 분명히……."

그것은 지명무가 즐겨 쓰던 발검술이었다. 내력을 얻기 전까지는 불가능했었는데, 이제는 그냥 따라할 수 있을 만큼 성장한 것인가?

그것이 무의식적으로 펼쳐졌다는 것이 이상하게 마음에 걸린다.

피월려는 한동안 그 자리에 우두커니 서서 멍하니 시간을 보냈다. 그러곤 자기도 모르게 천천히 지부를 향해 걷기 시작했다.

*   *   *

"주 소저?"

벌써 다섯 번은 불렀던 그 이름은 다시 허공으로 사라졌다. 처음 부를 때는 골치 아픈 일을 떠넘기는 것이 마음에 걸려서 목소리에 미안함이 묻어 나왔지만, 지금은 오히려 불만이 더러 섞여 있었다. 그러나 주하는 피월려가 미안해하든 불만스럽든 나올 생각은 없는 듯했다.

피월려는 그녀를 부르는 것을 포기하고 지명무가 죽은 그 자리로 다시 돌아갔다. 겨우 일다경 정도만 흐른 듯한데, 어디서 나타났는지 모를 사람들이 네 구의 시체를 구경하고 있었다. 보통은 못 볼 것을 봤다며 지나갔을 테지만, 피월려의 깔끔한 칼솜씨가 빚어낸 살인 현장은 비교적 괜찮은 수준이었다. 인생에서 험한 꼴을 몇 번 당한 사람에게라면 충분히 구경거리가 될 수 있을 정도의 그림이었다.

아니다. 오히려 아름답다. 실제로 그들은 서로 침을 튀겨가면서, 시체에 새겨진 검술에 대해서 토론을 벌이고 있을 정도였다.

피월려가 자세히 보니, 그들은 모두 낙양 어디서든 흔히 볼 수 있는 거지들이었다. 하나같이 얼굴에 땟물이 좔좔 흐르고 흙먼지를 뒤집어쓴 꼴이, 눈으로 보는 것만으로도 코에서 악취가 느껴질 것 같은 착각이 들었다. 피월려에게 살해당한 시체 네 구와 살아 있는 네 명의 거지 중 어느 쪽과 함께 있겠느냐는 질문을 한다면, 심히 고민하지 않을 수 없을 것이다.

그러나 그들은 단순한 거지들이 아니다. 이전에 누군가가 말했듯, 이 세상의 거지는 둘로 나뉜다. 개방인 거지와 개방이 아닌 거지.

피월려는 그들이 개방의 거지라는 확신이 들었다. 그들이 토론하며 나오는 용어들은 무림인 대다수도 잘 이해하지 못하는 어려운 것이 대부분이었기 때문이다. 시체 하나하나를 멀찌감치 보기만 해서, 검상과 검류를 해석하는 그들의 감별 실력은 중원 어디서도 충분히 알아줄 만한 고강한 수준이었다.

그러나 그렇다고 해서 그들이 모두 무공을 잘하는 것이라 단정할 수는 없다. 흑도에 하오문이 있다면, 백도에는 개방이 있다고 할 정도로 개방은 하오문에 버금가는 정보 단체이다. 그리고 그런 정보 단체의 특성은 개개인이 한 분야를 전문적으로 익힐 뿐, 전투적인 부분에서는 떨어질 수밖에 없다는 점이다.

죽일까? 아니면 그냥 돌아갈까?

피월려는 마음속에 살심이 들었지만, 안 그래도 척을 진 곳이 많은데 이대로 구파일방 중 하나인 개방과도 말썽을 일으킬 수는 없다고 판단했다. 그는 돌아섰다.

애초에, 구닥다리 추억에 빠져서 정신을 놓고 있었던 자기 자신의 잘못이 컸다. 시내에서 시체를 네 구나 만들어놓고 그냥 두고 오다니… 시체를 치워주지 않은 주하를 원망할 자격이 없다. 그래도 귀띔이라도 해줄 수 있는 것 아닌가? 아직도 뭔가 심술을 부리는 것인가?

게다가, 왜 개방이 지명무의 시체에 관심을 두는 것인가? 그냥 우연히 본 시체에 난 칼솜씨가 흥미로웠을까? 아니면 무당파의 의뢰를 받아 지명무를 감시하고 있던 것일까?

피월려는 복잡한 마음을 가지고 낙양지부에 들어섰다. 곧 자신의 방으로 가 방문을 열었다.

"이제 오시는군요?"

주하다.

방 안에는 진설린도, 흑설도 없었다. 단지, 한 의자에 앉아

김이 모락모락 나는 차를 마시는 주하밖에 없었다.

"주 소저? 어떻게 여기 있소? 오늘 나를 감시하지 않으신 것이오?"

주하는 눈썹을 팔(八) 자로 올리며 고개를 갸웃했다.

"예, 감시하지 않았습니다. 혹시, 몰랐었습니까? 피 공자께서는 감시 대상에서 제외되었습니다."

피월려는 방 안으로 들어와 그녀의 옆에 앉았다.

"이젠 슬슬 편하게 피 대원이라 불러주시오. 그런데 감시 대상에서 제외되었다는 뜻은 무엇이오? 경위를 설명해 주시오."

주하는 찻잔을 들어 한 모금을 머금고는 곧 설명했다.

"천마신교 낙양지부에 새로 입교한 자는 입교식을 치르고 마단으로 역혈지체를 이뤄 마인으로 거듭납니다. 그러나 그들 중에 첩자 혐의가 있는 자는, 그 의심이 완전히 거둬질 때까지는 마교인 한 명이 매 순간 동안 옆에서 직접적으로 감시하게 됩니다. 피 공자에게… 아니, 피 대원에게 있는 첩자 혐의가 어제부로 모두 정리되었으니, 이제 저는 본래의 임무로 돌아가게 됩니다."

피월려는 조금 아쉬운 생각이 들었다. 지금까지 그녀의 덕을 자주 보았기 때문이다.

"아, 그렇소? 작별 인사라도 하려고 온 것 같소?"

"그런 건 아닙니다. 제이대에는 단독 행동이 허락된 대원이 총 6명이 있는데, 각각 일대원과 같이 행동하고 있습니다. 아마, 저도 피 대원과 같이 행동하겠지요. 그러나 전처럼 감시자와 감시 대상이 아니라, 서로 협력하는 관계가 될 것입니다."

피월려는 잠시 생각하고는 슬며시 미소를 지었는데, 주하는 왠지 그것이 얄밉게 느껴졌다.

"단시월이라는 사대원과 지화추 단장의 말을 참고하면, 제일대의 대원들은 다른 대주와 동급으로 취급되는 경향이 있는 듯한데, 사실이오?"

갑작스러운 피월려의 질문에 주하는 이상함을 느끼며 대답했다.

"그렇습니다. 일대원들은 기본적으로 대주와 마찬가지로 지마급에 이르는 고수들이기 때문입니다."

"역시, 그렇군. 그러면 우리는 서로 협력하는 관계가 아니라, 명을 하는 자와 명을 받는 자가 아니오?"

주하는 피월려의 능청스러운 시선을 회피하며 당황해했다.

"그, 그것은 화, 확실히 사실입니다만… 저, 정확히 피 대원께서는 무슨 말을 하고 싶으신 겁니까?"

피월려의 표정은 이제 사악해 보이기까지 했다.

"아니, 그냥… 이제 좀 아래로 부릴 수 있는 사람이 생겼나 해서 그렇소."

"부린다는 표현은 별로 이치에 맞지 않습니다. 제 위로는 엄연히 대주님이 계시고, 또 제가 피 대원을……."

"피 공자."

"……."

"피 공자라 부르시오."

"……."

"명이오."

"조… 존명."

피월려는 속에서 묘한 쾌감이 느껴지는 것을 느꼈으나, 얼른 표정을 차갑게 바꿨다. 그러나 주하는 피월려의 눈가와 입가가 파르르 떨린 것을 분명히 보았다.

피월려는 여유가 넘치는 미소를 지으며 그녀를 주시했고 주하는 그 시선을 피하는 것이 자존심이 상해 억지로 눈을 부릅뜨며 마주 보았다.

피월려는 결국 웃어버렸다.

"하하하."

"뭐가 그리 재밌으십니까?"

"아, 아니요. 그냥 재밌는 일이 있었소. 그런데 하나 물어볼 것이 있소. 처음 입교하는 자들의 숫자가 많을 텐데, 어떻게 제이대에서는 그 사람들을 모두 감시할 수 있소?"

주하는 거북한 표정을 지으며 입가를 삐죽거렸다. 그러고는 곧 피월려의 질문에 대답해 주었다.

"저희는 첩자 의혹이 있는 자만 감시합니다."

"아무리 그래도 많지 않소? 대부분일 텐데."

"지마급 이하로는 감시하지 않습니다. 무공 수위가 지마급 이하라면, 어차피 첩자라 할지라도 알아낼 수 있는 것이 전혀 없을 테니까요."

피월려는 불쾌한 듯 코웃음을 쳤다.

"하! 태생마교인이 아닌 인마급 마인들은 결국 소모품이라 이것이오?"

진담 반 농담 반이었으나, 주하는 딱딱하게 대답했다.

"모든 마인이 소모품이지요."

"……."

피월려는 순간 말문이 막혔다. 주하의 얼굴에 떠오른 감정은 다름 아닌 궁금증이었기 때문이다. 그녀는 왜 피월려가 지금 불쾌해했는지조차 이해하지 못하는 것이 분명했다.

주하는 천마신교를 위해서 소모품이 되는 것에 대해서 당연하다 생각하는 것이다.

그것이 바로 태생마교인이다.

피월려는 가슴에서 느껴지는 싱숭생숭한 감정에 그녀에게서 눈길을 돌릴 수밖에 없었다.

주하는 한동안 피월려를 빤히 보며 고개를 갸웃거렸다. 그러곤 나지막하게 중얼거렸다.

"저, 피 공자?"

"무슨 일이오?"

"저도 할 말이 있는데… 해도 되겠습니까?"

애초에 방에 찾아온 이는 주하니, 작별 인사를 하러 온 것이 아니면 당연히 그녀에게도 원래 용무가 있을 것이다. 피월려는 고개를 들었다.

"아, 그렇겠지. 그래, 무슨 일이오?"

"흑설에 관한 이야기입니다."

"흑설? 아, 천살가에서 연락이 온 것이오?"

전에, 지화추 단장은 흑설이 완전한 천살성인지 아닌지는 천살가의 인물이 직접 정확하게 검사해야 한다고 말했었다.

주하는 잠시 뜸을 들이다 말했다.

"연락이 온 것이 아니라, 천살가의 인물이 직접 왔습니다."

"오, 정말이오? 벌써 본부에서 파견한 것이오?"

피월려는 놀람을 감출 수 없었다. 이토록 천살가에서 관심이 많을 줄은 몰랐기 때문이다.

그런데 생각해 보니, 뭔가 앞뒤가 맞지 않았다. 천마신교 본부가 있는 광서성 십만대산에서 낙양까지는 어림잡아 4천 리다. 보통 숙련된 말로 하루에 250리를 달리는 것을 생각하면, 말을 타도 적어도 16일은 걸리는 대장정이라는 소리다. 그런데 겨우 나흘 만에 도착한다? 천리응을 전서구처럼 사용하여

서찰을 보내서, 명마 중 명마인 천리마를 타고 쉬지 않고 달렸다 해도 왕복 8,000리이니 총 8일이다.

주하는 그런 그의 의문을 풀어주었다.

"사실, 그 인물은 흑설의 일 때문에 온 것은 아닙니다. 우연히 지금 시기에 낙양지부를 방문한 것뿐입니다."

"역시 그렇다고 생각하오. 그래서 어떻게 되었소?"

"그가 말하길, 흑설은 충분히 가능성이 보인다 했습니다. 낙양에서의 일이 끝나면 천살가에서 데려가고 싶다고 합니다."

"그렇소? 그것참 다행이오."

이제 흑설이 제대로 지낼 곳이 생겼다. 될 수 있으면 같이 있고 싶지만, 천마신교 낙양지부에서 쓸모도 없는 여자아이를 계속해서 데리고 있을 리가 만무했기 때문에, 천살가에 입양되는 것이 최선의 방법이라 생각했다.

그런데 주하는 아직 말을 다한 것이 아닌 듯했다.

"피 공자. 여기까지는 흑설에 관한 점입니다. 그리고 이제 저와 함께 가서 만나뵈어야 할 분이 계십니다."

그녀의 말투는 조심스럽기 그지없었다. 단순히 언급하는 것만으로도 그녀의 태도를 바꾸는 인물이 누굴까, 피월려는 궁금해졌다.

"만나봐야 할 사람? 그 사람이 누구요?"

주하가 대답했다.

"천마신교의 주인, 혈수마제 성음청 교주님입니다."

피월려는 아래턱이 빠진 듯, 입을 다물 수 없었다.

『천마신교 낙양지부』 5권에 계속…

초대형 24시 만화방

신간 100%, 샤워실, 흡연실, 수면실(침대석), 커플석, 세탁기 완비

■ 시흥 정왕25시점 ■

경기 시흥시 정왕동 1742-13 미스터피자 건물 5층
031) 319-5629

■ 강북 노원역점 ■

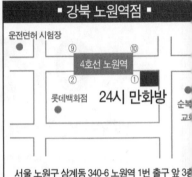

서울 노원구 상계동 340-6 노원역 1번 출구 앞 3층
02) 951-8324 (화용빌딩 3층)

■ 일산 정발산역점 ■

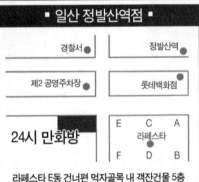

라페스타 E동 건너편 먹자골목 내 객잔건물 5층
031) 914-1957

■ 일산 화정역점 ■

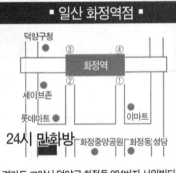

경기도 고양시 덕양구 화정동 984번지 서일빌딩 7층
031) 979-4874 (서일사우나 건물 7층)

■ 부천 역곡역점 ■

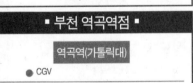

역곡남부역 기업은행 건물 3층
032) 665-5525

■ 부평역점 ■

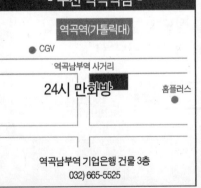

(구)진선미 예식장 뒤 한신포차 건물 10층
032) 522-2871

GRAND SLAM
FUSION FANTASTIC STORY

자미소 장편소설

그랜드슬램

2016년의 대미를 장식할 최고의 스포츠 소설!!

Career record : 984W 26L
Career titles : 95
Highest ranking : No.1(387weeks)
Grand Slam Singles results : 23W
Paralympic medal record : Singles Gold(2012, 2016)

약 십 년여를 세계 최고로 군림한 천재 테니스 선수.
경기 내내 그의 몸을 지탱하고 있는 것은…… 휠체어였다.

『그랜드슬램』

휠체어 테니스계의 신, 이영석(32).
그는 정상의 자리에서도 끝없는 갈망에 사로잡혀 있었다.

"걷고 싶다, 뛰고 싶다. …날고 싶다!!"

**뛸 수 없던 천재 테니스 선수
그에게, 날개가 달렸다!!!**

Book Publishing CHUNGEORAM

유행이 아닌 자유추구 -
WWW.chungeoram.com

FUSION FANTASTIC STORY

RPM 3000

가프 장편소설

RPM(Revolution Per Minute: 분당 회전수)!
150km/h 160km/h?
이제는 구속이 아니라 회전이다!!

여기 엄청난 빅 유닛과 환신(換身)에 성공한 사내가 있다.
그 이름, 황운비!

훈련은 *Slow and Steady,*
시합은 *Fast and Strong!*

**꿈의 RPM 3000을 찍는 패스트 볼을 장착하고
메이저리그를 종횡무진 누빈다!**

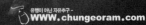

이계진입 리로디드

임경배 퓨전 판타지 소설

FUSION FANTASTIC STORY

Book Publishing CHUNGEORAM

유행이 아닌 자유추구 -
WWW.chungeoram.com

GAME
BALL

게임볼 설경구 장편소설
FUSION FANTASTIC STORY

무명의 야구인이었던 남자,
우진이 펼치는 야구 감독으로서의 화려한 일대기!

『게임볼』

"이 멤버로 우승을 시키라고?"

가상 야구 게임,
게임볼을 통해 인생 역전을 꿈꾸는

한 남자의 뜨거운 행보에 주목하라!

Book Publishing CHUNGEORAM

유행이 아닌 자유추구-
WWW.chungeoram.com